The Independent Bookworm

ÜBER DAS BUCH

Es war einmal in einer Welt, in der Magie und Technik mit unerwarteten Konsequenzen aufeinander treffen …

Elfin, die männliche Märchenfee, und Mikael, der Schmied und Erfinder, streiten sich, was besser sei, Magie oder Technologie. Dummerweise haben sie den Faktor Mensch nicht berücksichtigt. Nun müssen sie sich beeilen, um Unheil von ihrem Versuchskaninchen und seinen Lieben abzuwenden, bevor jemand stirbt.

Was wäre, wenn Wilhelm Hauff übersehen hätte, wer „Das kalte Herz" wirklich verschuldet hat?

ÜBER DIE AUTORIN

Katharina Gerlach hat seit ihrer Geburt den Kopf in den Wolken. Früher lebte sie mit drei jüngeren Brüdern mitten in einem Wald im Herzen der Lüneburger Heide. Tagelang verschwand sie in magischen Abenteuern, vergangenen Zeiten oder unheimlichen Märchenwäldern, denn auch junge Wilde lernen irgendwann Lesen.

Auf die Erde kehrte sie nie lange zurück. Eines Tages wurde ihr klar, dass sie schreiben muss, wenn ihr Traum, ihre Geschichten zu teilen, wahr werden sollte.

Katharina schreibt am liebsten Fantasy, Science Fiction und Historische Romane für alle Altersgruppen. Zurzeit arbeitet sie an ihrem nächsten Projekt in einem Häuschen nicht weit von Hildesheim, wo sie mit ihrem Mann, drei Kindern und einem Hund lebt.

Mehr Informationen:　　　　http://de.KatharinaGerlach.com

DER WETTSTREIT

DAS KALTE HERZ

SCHÄTZE NEU ERZÄHLT 8

Katharina Gerlach

Der Wettstreit, Schätze Neu Erzählt 8
erschienen im Independent Bookworm Verlag, USA und D
Dieses Buch ist auch als eBook erhältlich. Es ist auf Deutsch und auf
Englisch erschienen.

© 2015, alle Rechte an der Geschichte liegen bei der Autorin
© 2016, cover art by Katharina Kolata
© 2016, title background by Corona Zschusschen
© 2014, logo by colorgraphix
© 2014, paragraph divider by Katharina Kolata
editor: Ethan James Clarke
printed On-Demand Publishing LLC, 100 Enterprise Way, Suite A200,
Scotts Valley, CA 95066, USA, www.createspace.com

ISBN-13 978-3-95681-070-1

Weitere Information finden Sie auf der Verlagswebsite:
http://www.IndependentBookworm.de

Für meine Familie. Ohne Euch hätte ich es nicht geschafft.

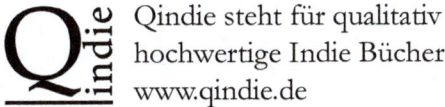 Qindie steht für qualitativ
hochwertige Indie Bücher
www.qindie.de

INHALTSVERZEICHNIS

DER WETTSTREIT

Der Kaffee ist wie immer ausgezeichnet, dachte Elfin, als er an dem heißen Gebräu schlürfte. Schließlich hatte Mikael die perfekte Maschine fürs Rösten, Mahlen und Kochen des teuren Getränks erfunden. Er musste ein Vermögen damit verdienen, denn die Menschen aus den südlichen Königreichen rannet ihm beinahe die Türen ein, um die Maschinen zu kaufen. Er war sogar dichter an seine Kunden herangezogen. Deshalb besuchte Elfin seinen Freund dieser Tage nur selten. Die Magie, die er für die Reisen brauchte, war im Süden schwer zu finden.

„Was hat dich gebissen, dass du so still bist?" Mikael setzte seine Tasse auf dem niedrigen Kaffeetisch ab, betupfte seinen blonden Bart mit einer Serviette und lehnte sich zurück, wobei er seine langen Beine übereinander schlug.

Elfin wollte nicht darüber reden, also füllte er den Mund mit mehr Kaffee, bevor er zu dem Menschen aufsah.

Mikael grinste. „So schlimm, ja?"

„Die ganzen Maschinen stören das magische Gleichgewicht der Länder. Der größte Teil der südlichen Länder ist praktisch frei von Magie." Elfin wollte nicht wieder mit dem alten Streit anfangen, aber dieses Mal betrafen ihn die Auswirkungen direkt.

„Wir haben nicht mehr genügend Jungfrauen in Nöten. Jetzt bin ich arbeitslos. Wer hat jemals von einer arbeitslosen Guten Fee gehört?"

Der Mensch lachte.

„Ich schätze es sind genauso viele wie die, die von einer männlichen Guten Fee gehört haben."

„Das ist kein Witz, Mikael. Wenn ich nicht genug für meinen Unterhalt verdiene, zweifelt die Königin meine Nützlichkeit an. Ich könnte meinen Arbeitsplatz für immer verlieren." Als er seine winzige Tasse neben Mikaels stellte, klapperte der Löffel gegen den Rand. „Ich liebe meine Arbeit und kann mir nicht vorstellen, irgendetwas anderes zu tun."

Mikaels Lächeln verschwand als hätte er es abgewischt.

„Gibt es etwas, was ich tun kann?"

„Du könntest aufhören, immer mehr Maschinen zu bauen."

„Der technische Fortschritt wird dadurch nicht aufhören. Wir brauchen für unseren Alltag keine Zauberei mehr." Der Mensch zuckte mit den Schultern. „Ich weiß einfach nicht, wie dein Problem zu lösen ist."

„Hah!" Elfin sprang auf. Er reichte Mikael kaum bis ans Knie. „Kein Bedarf an Magie? Wen willst du denn veralbern? Wie viele ‚Happy Ends' hast du im Süden gesehen, seit meine Kollegen fortgezogen sind? Fünf? Sechs? Ich kenne die Zahlen. Ich prüfe sie dauernd." Er ballte die Hände zu Fäusten. „Es hätten Hunderte sein müssen. Dafür sind Gute Feen da."

„Im Leben geht es nicht um ‚Happy Ends'." Mikaels Stimme war weich, als versuche er, den Schlag abzupuffern, den er austeilen musste. „Das Leben geht weiter, bis wir sterben. Es gibt keinen perfekten Zeitpunkt, an dem die Geschichte eines Menschen endet."

„Ein ‚Happy End' ist ein Anfang, kein Ende." Elfin erwartete nicht, dass ein Mensch die Feinheiten der Arbeit Guter Feen verstand. „Meine Magie ist ein Werkzeug, um Leuten zu helfen, ein besseres Leben zu führen."

„Das ist Technik auch." Mikael runzelte die Stirn und beugte sich vor. „Aber Technik gelingt das in viel größerem Maße. Mit den Geräten, die schon erfunden wurden, müssen die Leute weniger hart arbeiten. Sie leben länger, weil neue Wege gefunden wurden, Leben zu verlängern. Wir können Knochen und Organe reparieren, die kaputt sind. Wir können sogar Emotionen dämpfen oder verstärken, wenn es notwendig ist."

„Menschen brauchen Magie." Elfin stampfte mit dem Fuß auf. Leider dämpfte der rote Teppich das Geräusch und ruinierte den Effekt.

„Wenn die Technik weit genug entwickelt ist, wirkt sie auf die Leute wie Zauberei." Mikaels Stirnrunzeln beschattete seine Augen, was ihn gefährlich aussehen ließ.

„Ich wette, dass deine Technik niemals in der Lage sein wird, einem einzigen Menschen ein ‚Happy Ends' zu bescheren." Elfin ballte erneut die Fäuste und starrte seinen Freund erwartungsvoll an. Er erwartete, dass er explodieren würde, denn Mikael war gelegentlich etwas unbeherrscht. Er war ziemlich überrascht, als sich sein Freund zurücklehnte und lachte. Es war das dröhnende, fröhliche Lachen, das Elfin so sehr mochte.

„Eine Wette! Was für eine hervorragende Idee." Mikael beugte sich noch einmal vor und streckte die Hand aus. „Ich akzeptiere die Wette und erlaube dir sogar, den Anfang zu machen."

Elfin fiel die Kinnlade herunter. Er brauchte eine Weile, um sich wieder einzukriegen, aber dann nahm er die angebotene Hand. „Abgemacht. Und wenn ich gewinne, hörst du auf Maschinen zu bauen."

„Abgemacht. Aber wenn ich gewinne, ziehst du hierher zurück, auch wenn es in diesem Königreich nur wenig Magie gibt."

Elfin akzeptierte. Selbstverständlich würde er gewinnen.

„Wir brauchen eine Person, die ein ‚Happy End' nötig hat. Vorschläge?"

„Kein Mädchen. Ich weiß, dass Mädchen deine Spezialität sind." Mikael grinste.

Elfin zuckte nur mit den Schultern. Er hatte schon mit jungen Männern gearbeitet. Sie waren ein wenig schwieriger zu beeinflussen, aber er würde das hinbekommen. „Noch was?"

„Aus offensichtlichen Gründen müssen wir in ein Land, in dem es genügend Magie gibt, die du verwenden kannst." Mikael hielt sein Kinn mit Daumen und Mittelfinger und berührte die Nase mit dem Zeigefinger. „Wenn die Menschen nun aber mehr an Magie glauben als an Technik, hast du einen unfairen Vorteil."

„Wir könnten einen Ort wählen, der im letzten Jahrhundert nicht viel Magie gesehen hat", schlug Elfin vor. „Ich kenne ein paar, die schon länger nicht mehr von Magienutzern besucht werden."

Mikael rieb die Hände. „Sehr gut. Hole deine Glaskugel oder was du sonst so verwendest, und finde einen geeigneten Kandidaten für uns."

◔ ◔ ◔

Pidder starrte seinen Kohlemeiler an, ohne ihn zu sehen. Vor seinem inneren Auge tanzte Lisbeth durch den Wald. Ihre blonden Locken leuchteten in den wenigen Sonnenstrahlen, die es schafften, durch das dichte Blätterdach zu fallen, und sie rief, dass er ihr folgen solle. Es war ein wunderbarer Traum.

„Pidder! Der Meiler." Die Stimme seiner Mutter zerrte ihn zurück in die Realität. Eine dicke Wolke schwarzen Rauchs quoll aus dem Abzugsloch.

„Ich hab's schon, Mutter." Eilig schaufelte er Erde vor einige der Luftzufuhrlöcher an der Basis des Kohlemeilers. Ein paar Minuten später, und das Feuer wären so heiß gewesen, dass es das Holz zu Asche verbrannt hätte, anstatt es zu Holzkohle zu verkohlen. Als sich der Rauch in eine schmale, graue Säule verwandelt hatte, ging er zu seine Mutter hinüber, die sich auf einen Holzstamm gesetzt hatte. Sie atmete schwer, und die paar grauen Haare, die dem Dutt unter ihrer schwarzen Haube entkommen waren, klebten an ihrem bleichen Gesicht.

„Du musst aufhören, mit offenen Augen zu träumen, Pidder." Obwohl sie mit ihm schimpfte, ruhten ihre Augen mit einem Blick voll Anbetung und Liebe auf ihm. „Wir können es uns nicht leisten, einen ganzen Meiler zu verlieren."

„Tut mir leid. Es ist hier so langweilig." Er setzte sich neben sie. „Ich hatte dir doch gesagt, du sollst nicht kommen. Der Weg ist zu steil für eine Dame."

„Ich bin keine Dame." Sie schlug spielerisch gegen seinen Arm, dann reichte sie ihm ein Stück Schwarzbrot, so groß wie ihre Faust. „Und ich bin auch nicht zu alt, um meinem Sohn das Mittagessen zu bringen, wenn er vergisst, es mitzunehmen."

Pidder brach das Brot durch und reichte die Hälfte der alten Frau an seiner Seite. „Nimm ein Stück. Es war ein schwerer Aufstieg."

„Du brauchst es mehr, damit du stark genug bleibst", sagte seine Mutter.

„Ich esse nichts, wenn du nichts isst."

Sie starrten einander schweigend an – ein Kampf zweier Dickköpfe. Schließlich gab seine Mutter nach. Sie nahm das angebotene Brot und knabberte darauf herum, während Pidder seine Hälfte herunterschlang.

„Ich habe Pilze gefunden." Er zeigte auf ein Bündel, das an seinem Wanderstab hing.

Seine Mutter klatschte in die Hände.

„Dann mache ich uns heute Abend eine wunderbare Suppe."

„Trockne sie lieber und mach die Suppe an einem anderen Tag." Pidder lächelte sie an, während er aufstand und nach seiner Schaufel griff. „Heute Abend gehe ich zur Kirchweih."

Das Gesicht seiner Mutter wurde lang.

„Oh, Pidder. Glaubst du wirklich, dass das so eine gute Idee ist?"

„Ich muss den Meiler heute Nachmittag ersticken. Dann muss er mindestens zwei Tage abkühlen, bevor ich ihn öffnen kann. Es ist der perfekte Zeitpunkt." Er ging zurück an die Arbeit. Als seine Mutter mit dem Bündel Pilze heimging, winkte er ihr nach.

Bevor die Nacht anbrach, kehrte er zu der Hütte zurück, die sich am Rand des Dorfs an den Berg schmiegte und in der er mit seiner Mutter lebte. Im Tal war es wegen der Schatten der Berge bereits dunkel, und in der Nähe des Festplatzes flackerten Fackeln. Das ganze Dorf würde dort sein, um sich zu vergnügen, obwohl es eigentlich kaum Grund zum Feiern gab. Pidder zog sich aus, bis er zitternd in seiner Unterhose dastand und pumpte Wasser in einen Eimer. Er wusch sich so gründlich er konnte und versuchte, allen Ruß aus seinen Haaren und seiner Haut herauszubekommen. Er wollte gut aussehen, falls Lisbeth ihn bemerkte. Als er sich sauber fühlte, betrat er die Hütte, küsste seine Mutter auf die Wange und zog seinen besten Anzug an – den mit den Messingknöpfen, die er von seinem verstorbenen Vater geerbt hatte. Das Material war zwar an den Ellenbogen und Knien etwas abgewetzt, doch er hoffte, dass es bei dem Fackelschein niemand bemerken würde.

„Die Glashütte hat endlich die letzte Lieferung Holzkohle bezahlt." Seine Mutter gab ihm ein weiteres Stückchen Brot. „Ich habe einen Teil des Geldes genommen, um Mehl zu kaufen. Wir hatten keines mehr. Ich hoffe, du bist nicht böse."

„Du weißt doch am besten, was wir brauchen, Mutter." Er küsste er sie noch einmal auf die Wange und verließ die Hütte. Er aß, während er den Berg hinunter zur Wiese auf der anderen Seite des Dorfs eilte, wo die Kirchweih stattfinden würde. Darauf hatte er sich schon den ganzen Sommer gefreut. Alle hatten das getan. Bestimmt wäre Lisbeth dort. Das Trauerjahr wegen des Todes ihrer Mutter war schon vor ein paar Monaten vorüber gewesen. Vielleicht würde sie sogar tanzen. Sie sah dabei so schön aus. Wenn er dicht genug an der Tanzfläche stand, könnte er ihr zusehen.

„Ah, Pidder." Heinrichs schwere Hand landete auf seiner Schulter, als der Eigentümer der Glashütte neben den Köhler trat und mit ihm ging. „Du bist der Mann, den ich sehen wollte."

Pidders Herz fiel. Von Heinrich hatte er noch nie gute Neuigkeiten gehört.

„Du weißt ja, dass es meiner Glashütte nicht gut geht." Heinrich sprach undeutlich. Er stank nach Alkohol. „Ich muss mein Material billiger einkaufen, weißt du? Senk deinen Preis ein wenig, oder ich muss einen anderen Köhler finden."

„Aber ich arbeite schon unter Preis, Heinrich. Ich brauche das Geld. Wir verhungern sonst."

„Wenn die Fabrik am Ende ist, verdienst du gar kein Geld mehr, Pidder." Der Ton in Heinrichs Stimme ließ Pidder schaudern. Wenn die Glashütte nicht weiter produzierte, würden die meisten Dorfbewohner ihren Lebensunterhalt verlieren. *Außer Ezechiel*, dachte er. Der reichste Landwirt des Tals mästete Rinder und verkaufte das Fleisch in der Stadt am Fuße des Bergs. Wenigstens bedeutete das, dass Lisbeth nicht hungern würde.

„Der Hans aus dem Dorf auf der anderen Seite des Bergs hat mir einen wesentlich niedrigeren Preis geboten." Heinrich streckte seine Hand aus. „Halber Preis, und du bleiben im Spiel."

Widerwillig nahm Pidder die Hand. Etwas Geld war immer noch besser als gar keines.

Sie hatten den Festplatz erreicht, und Heinrich ließ ihn stehen, um sich zu Ezechiel zu setzen. Pidder suchte sich einen Platz dicht am Tanzboden. Die Musik hatte gerade begonnen, und das erste Paar betrat den Tanzboden, als er Lisbeth entdeckte. Theo verbeugte sich eben vor ihr, und sie stand auf, nachdem sie mit einem Blick auf ihren Vater dessen Einverständnis erhalten hatte. Von seinem Platz hatte Pidder die beste Aussicht auf ihre schlanken Knöchel und wirbelnden Röcke, wann immer sie mit

Theo an ihm vorbei schwebte. Theo folgten Hans, Joachim und Jacob. Lisbeth tanzte mit allen. Als sie schließlich zum Tisch ihres Vaters zurückkehrte, nahm Pidder all seinen Mut zusammen und ging hinüber. Ihre Wangen waren rot, und sie atmete schnell. Das Lächeln eines Engels erhellte ihr Gesicht.

Er verbeugte sich.

„Würdest du mit mir tanzen?" Sein Herz pochte in seiner Kehle, und er hielt den Atem an.

„Ich brauche eine Pause." Sie zuckte mit den Schultern. „Aber danke dir für die Frage."

Wie ein Hund, der in die Rippen getreten worden war, schlich Pidder zu seinem Platz zurück und ließ sich auf die Bank fallen. Warum tanzte sie mit jedem jungen Mann im Dorf, aber nicht mit ihm? Für den Rest der Nacht beobachtete er sie mit brennenden Augen und schwerem Herzen. Wenigstens schien sie keinen der Männer zu bevorzugen, mit denen sie tanzte. Trotzdem hatte er nicht den Mut, es noch einmal zu versuchen. Mit Sicherheit wäre er erneut abgewiesen worden.

🜨 🜨 🜨

Elfin materailisierte sich an Mikaels Seite.

„Ich weiß, wie wir an ihn herantreten." Das Gepäckpferd scheute, und Elfin trat zur Seite, um nicht zertrampelt zu werden. „In letzten Jahren hat es zwar keine Fabelwesen in der Gegend gegeben, aber früher lebten einige von ihnen in diesem Wald. Ihre Legenden werden immer noch erzählt."

Mikael zügelte sein Pony und versuchte, das Packpferd zu beruhigen, das er führte.

„Kannst du mich nicht vorwarnen? Wenn ich mein Gepäck verliere, müssen wir wieder ganz zurück, um neues Material zu holen."

„Entschuldigung." Elfin kletterte das Pferd hinauf und flüsterte ihm ins Ohr. Es beruhigte sich sofort. „Was ich sagen wollte, ist, dass wir die Legenden verwenden können."

„Erzähl mir davon." Mikael nahm seine Reise wieder auf.

„Es gibt eine über einen Gnom oder Zwerg oder sowas." Elfin machte es sich auf dem Gepäck bequem. „Wenn er mit den richtigen Worten angerufen wird, gewährt er einem Sonntagskind drei Wünsche."

„Bei deiner Größe, wäre das die perfekte Rolle für dich." Mikael lachte. „Vorausgesetzt, der Junge ist ein Sonntagskind."

„Ich kann mich leicht auf jede Größe wachsen oder schrumpfen lassen, die ich brauche. Und es spielt keine Rolle, ob er wirklich ein Sonntagskind ist, solange er glaubt eines zu sein." Elfin runzelte die Stirn. „Versuche bitte, das hier ernst zu nehmen."

Mikael zog seinen Mantel enger. „Ich nehme es ernst, mein Freund. Mir ist nur einfach kalt, und ich bin hungrig."

Das verstand Elfin.

„Wir sind nahe am Dorf. Bald suchen wir uns einen Unterschlupf."

„Was ist mit der anderen Legende?" Mikael sah zu den Kronen der Nadelbäume hinauf, die sich in den Himmel reckten, soweit das Auge reichte. „Ich wette, sie hat mit Holz tun. Sag mir nur, dass ich mich nicht als Frau verkleiden muss."

Elfin versuchte, sich seinen breitschultrigen Freund in einem Kleid vorzustellen, die Haut auf seinen Wangen noch rot vom Rasieren. Niemand würde Mikael je glauben, wenn er eine Frau spielen müsste. Besonders da er jede magische Hilfe abgelehnt hatte. Elfin unterdrückte ein Kichern.

„Die Leute erzählen von einem Geist oder Dämon in der Form eines starken Mannes, der einem Mann die Seele nimmt und ihn dafür mit Reichtum belohnt, wenn man ihn zu finden weiß. Er wird Flachland Michel genannt."

„Was für ein alberner Name." Mikael seufzte und zeigte auf einen schmalen Pfad, der tiefer in den Wald führte. „Sollen wir diesen versuchen?"

Elfin nickte und streckte sich. Er sollte sich besser nach einer geeigneten Unterkunft umsehen.

Mikael bog von dem breiten Weg ab. „Wie ist deiner?"

„Mein was?"

„Dein Name."

„Was ist schon ein Name?" Elfin bereitete sich innerlich auf seine Erkundungstour vor.

„Elfin!"

Er kannte diesen Ton. Mikael würde nicht aufhören, ihn wegen des Namens zu nerven. Er schüttelte sich.

„Komm schon. Ist er noch alberner als meiner?" Mikael strahlte ihn an. „Ich glaube kaum, dass das möglich ist."

„Ich werde das Glasmännchen sein." Elfin zauberte sich in den Wald, aber das brüllende Lachen seines Freundes folgte ihm.

○ ○ ○

Einen Tag später hatten sie sich eingerichtet. Die Höhle, die sie gefunden hatten, war geräumig und trocken, und mit Mikaels Vorräten und Elfins Zauberei hatten sie eine Wohnung daraus gemacht.

„Es wird Zeit anzufangen", sagte Mikael. „Du bist zuerst dran."

Elfin verließ die Höhle und ging auf das Dorf zu. Als er eine ältere Frau entdeckte, die Feuerholz sammelte, vergewisserte er sich, dass es die Mutter seiner Zielperson war. Er webte einen kleinen Zauber, schicke ihn in das Gehirn der alten Frau und wußte plötzlich das Geburtsdatum ihres Sohnes. Elfin rechnete kurz. Der junge Mann war tatsächlich an einem Sonntag geboren worden. Welch ein Zufall. Nun, dann brauchte er wenigstens nicht zu lügen. Er änderte sein Aussehen in das eines beleibten Landwirts in dunkelbraunen Kniebundhosen, einem warmen Mantel, einer grünen Weste mit silbernen Knöpfen und einem Hut. Er dachte sogar an einen feuchten Glanz auf seiner Stirn. Bestimmt würde jemand mit dieser Statur schwitzen, wenn man bedachte, wie steil die Flanken des Bergs waren.

„Guten Tag, liebe Frau." Er tippte an seinen Hut und verbeugte sich leicht. „Kennen Sie sich hier aus?"

„Und wenn?" Die Frau stand gerade, und ihr Blick fuhr prüfend und argwöhnisch über ihn.

„Ich suche die größte Fichte in diesem Teil des Waldes." Er setzte sich auf einen umgestüzten Baum, zog ein Taschentuch heraus und wischte seine Stirn ab.

„Wofür brauchen Sie die?"

„Die Mutter meiner Mutter wurde in einem Dorf hier in der Nähe geboren. Sie schwor, dass das Glasmännchen dort gefunden werden könne." Er legte sein Taschentuch weg. „Sie erinnerte sich sogar an die Worte, mit denen man es rufen kann."

„Das Glasmännchen hat seit Generationen niemand mehr gesehen." Die Frau entspannte sich etwas und trat einen Schritt näher. „Es wird gesagt, dass es sich nur Sonntagskindern zeigt."

„Das weiß ich." Er lächelte sie an, und sie trat einen weiteren Schritt auf ihn zu.

„Sie scheinen ziemlich wohlhabend." Sie zeigte auf seine silbernen Knöpfe. „Warum wollt ihr das Glasmännchen bitten?"

„Meine Mutter, meine Frau und meine Tochter sind sehr krank." Elfin tat so als würde er Tränen wegblinzeln. „Das Glasmännchen ist meine letzte Hoffnung, falls ich je ich die größte Fichte auf diesem Berg finden kann."

„Es tut mir leid, das zu hören." Die Frau trat zu ihm und legte eine Hand auf seinen Arm. „Mein Sohn kennt den Weg sicherlich. Er ist Köhler und kennt diesen Berg besser als irgendjemand sonst. Warten Sie hier. Ich hole ihn."

„Er arbeitet nicht?"

„Sein Meiler muss abkühlen, und wir hatten gestern Kirchweih im Dorf. Ich werde ganz schnell zurück sein."

„Ich komme mit." Elfin stand auf und nahm das Bündel aus Zweigen und Ästen. „Lasst mich das tragen. Es ist das Mindeste, was ich tun kann."

Sie erlaubte es nach kurzem Zögern. Als sie die Hütte erreichten, musste sich Elfin einen Ausruf verkneifen. Sie sah unbewohnbar aus, aber als die alte Frau rief, kam ein junger

Mann heraus und begrüßte ihn. Elfin hatte Pidder in seiner Kristallkugel gesehen. In Wirklichkeit schien er mit seinem kräftigen Körperbau und den schwarzen Locken viel größer. Die Mutter erklärte ihrem Sohn, warum Elfin wissen wollte, wo die höchste Fichte des Wald zu finden sei, und bald waren die beiden Männer auf dem Weg. Je steiler der Hang wurde, desto mehr schnaufte und prustete Elfin. Er genoss seine Rolle.

„Da ist es." Pidder zeigte auf einen riesigen Baum. Der Stamm war dick genug, dass drei ausgewachsene Männer nicht in der Lage gewesen wären, ihn gemeinsam zu umarmen. Elfin war sicher, dass Pidder den richtigen Baum gefunden hatte. Mit den Höhlungen unter seinen riesenhaften Wurzeln passte er hervorragend zu seinen Plänen. Mit einem Zeichen sank er auf eine der Wurzeln nieder.

„Wie kann ich Ihnen danken, junger Mann?" Er wischte sich erneut die Stirn ab.

„Darf ich zusehen?"

Die Neugier in Pidders Stimme amüsierte Elfin. Der junge Mann war genau da, wo er ihn hatte haben wollen. Aber er schüttelte den Kopf.

„Der Bittsteller muss alleine sein." Er tat so, als zittere er. „Allein um Mitternacht in einem Wald wie diesem ... Darauf freue mich ganz und gar nicht."

„Mitternacht?"

„Das meinte jedenfalls meine Großmutter." Elfin zauberte zwei Äpfel in die Taschen seines Mantels, zog sie heraus und bot Pidder einen an. „Möchten Sie?"

Der junge Mann aß mit großem Appetit. Wie wenig nötig war, um ihn glücklich zu machen. Elfin war sich sicher, dass er die Wette gewinnen würde.

"Sind Sie denn ein Sonntagskind?" fragte Pidder. Elfin nickte, woraufhin Pidder weiter fragte. "Und woher weiß man, ob man ein Sonntagskind ist?"

"Nun, das sollte eure Mutter wissen. Fragt sie doch."

„Ach, ich weiß nicht." Pidder schüttelte den Kopf, aber Elfin sah das erregte Funkeln in seinem Blick.

„Am wichtigsten ist es, die richtigen Worte zu sprechen", sagte er. „Großmutter brachte sie mir bei, als ich noch ein Kind war."

„Können Sie sie mir verraten?"

Elfin lächelte. *Jawoll,* dachte er. *Hab ich dich.* Er stand auf.

„Warum nicht." Er stellte sich in Positur, die Hände auf den Hüften und die Füße leicht auseinandergestellt und sagte den Spruch, den er sich auf der Reise überlegt hatte.

„Schatzhäuser im grünen Fichtenwald,
bist schon viel hundert Jahre alt.
Dein ist all Land, wo Fichten stehn,
lässt dich nur Sonntagskindern sehn."

Er sah Pidder an. Die Lippen des jungen Mannes bewegten sich, als er das Gedicht auswendig lernte. Elfin war ziemlich stolz auf seinen Reim und freute sich schon auf Pidders Vortrag. Er zweifelte keine Sekunde daran, dass der junge Mann bald zu der Fichte zurückkehren würde.

○ ○ ○

Pidder kehrte um drei Uhr in der früh zu seinem Haus zurück. Seine Mutter wartete auf ihn mit Sorgenfalten in ihrem Gesicht.

„Wo bist du gewesen?" Sie umarmte ihn.

„Ich musste auf ihn warten und ihn dann zur Straße in die Stadt zurück bringen." Pidder setzte sich und aß die dünne Suppe, die sie ihm gekocht hatte. Sie war nur lauwarm, aber er war zu müde, um darauf zu warten, dass seine Mutter sie wieder erhitzte. Er zog eine Silbermünze aus der Tasche und grinste sie an. „Er hat gut gezahlt und behauptet, dass ihm das Glasmännchen seine Wünsche erfüllt habe. Auf dem Rückweg hat er sogar gesungen."

Seine Mutter setzte sich neben ihn, nahm die Münze und biss hinein. Da er das auch getan hatte, wusste er, dass sie echt war. Es würde für mehrere Wochen reichen. Seine Mutter seufzte.

„Er schien ein guter Mann zu sein. Wie schade, dass er dir das Gedicht nicht verraten hat, mit dem man das Glasmännchen rufen kann."

„Aber das hat er. Nur, wozu brauche ich es? Der Zwerg zeigt sich nur Sonntagskindern." Pidder schlürfte den Rest seiner Suppe und wischte sich den Mund ab. Vielleicht konnten sie es sich leisten, von dem Silber etwas Fleisch zu kaufen. Doch bevor er es vorschlagen konnte, umarmte ihn seine Mutter.

„Aber du wurdest an einem Sonntag geboren, Pidder. Noch heute höre ich, wie die Kirchenglocken deinen ersten Schrei übertönten."

Pidder starrte sie mit offenem Mund an. Er war ein Sonntagskind? Warum wusste er das nicht?

„Aber das heißt …" Sein Gehirn brauchte einige Zeit, sich auf diese Neuigkeit einzustellen. „Es heißt, dass ich morgen zurückgehen und selbst das Glasmännchen um Hilfe bitten kann."

Tränen glitzerten in den Augen seiner Mutter, als sie sich stumm gegenübersaßen und einander verblüfft anstarrten. Pidders Gedanken waren in Aufruhr. *Ich kann mir Gold und Silber für ein Haus wünschen oder genug Nahrung für mein ganzes Leben. Und …* Sein Herz stockte. *Lisbeth … Vielleicht kann ich um ihre Liebe bitten?*

◔ ◔ ◔

Die nächste Nacht fand sich Pidder neben der riesigen Fichte in den Bergen ein und kuschelte sich in eine verschlissene Decke. Gespannt wartete er auf die zwölf Schläge der Dorfkirche, die die Mitternachtsstunde verkündeten. So weit vom Tal war es schwer, sie zu hören, aber wenn er genau lauschte, konnte er sie gerade noch ausmachen.

Dong, dong, dong …

Er faltete seine Decke zusammen und hängte sie über seine Schulter, bevor er an die Fichte trat und das Gedicht vortrug.

„Schatzhäuser im grünen Fichtenwald,

bist schon viel hundert Jahre alt.
Dein ist all Land, wo Fichten stehn,
lässt dich nur Sonntagskindern sehn."

Er fühlte sich etwas albern. Was wäre, wenn ihn der Fremde zum Besten gehalten hatte? Niemand, den er kannte, hatte das Glasmännchen jemals gesehen.

Ein warmes Leuchten erschien in einer Vertiefung unter einer der Baumwurzeln, und ein Mann, so groß wie eine Faust, trat hervor. Er trug eine silberne Robe, einen spitzen Silberhut und silberne Schuhe. Der silberne Bart hing bis zu seinen Knien hinunter. Er runzelte die Stirn.

„Seit Jahren nichts, und jetzt zweimal hintereinander. Hat man begonnen, Sontagskinder zu züchten, um mich zu ärgern?" Er starrte Pidder an. „Was willst du?"

Pidder verbeugte sich tief.

„Ich bedaure es sehr, Euch zu stören. Es ist nur das ich …" Die Worte blieben ihm im Hals stecken. Das Glasmännchen wuchs ein wenig und stieg auf eine Wurzel, wo es sich hinsetzte. Es winkte Pidder. „Lass mich einen Blick auf dich werfen, Junge."

Pidder beugte sich noch tiefer herab.

„Ach, Pidder Munk. Also gut, dich habe ich schon eine Weile nicht gesehen. Du bist noch damit beschäftigt, Bäume zu zerhacken, nehme ich an?"

Pidder war zu geschockt, um zu antworten. Von allen Leuten im Dorf kannte das Glasmännchen ausgerechnet ihn?

„Mach deinen Mund auf, und sag mir deine Wünsche", befahl das Glasmännchen. „Es ist spät, und ich war auf dem Weg ins Bett."

„Tut mir leid", begann Pidder von Neuem.

„Dein erster Wunsch, Junge." Das Männchen zuckte ungeduldig mit dem Fuß.

„Ich will, dass Lisbeth sich in mich verliebt." Ein riesiger Stein polterte von Pidders Herzen. Jetzt war es heraus. Der Zwerg schüttelte den Kopf.

„Diesen Wunsch kann ich dir nicht erfüllen, obwohl ich deine Wahl, was Frauen angeht, sehr befürworte. Aber Liebe musst du selbst gewinnen. Sie kommt nicht durch Zauberei."

„Aber wie kann ich ihre Liebe gewinnen, wenn sie mich nicht einmal bemerkt?" Pidder kämpfte gegen die Tränen, die ihm übers Gesicht zu laufen drohten.

„Du könntest um etwas bitten, das ihr hilft, dich als das zu sehen, was du bist." Der Zwerg lächelte. Plötzlich wirkte er wie ein alter Freund. Pidder entspannte sich, und ihm fiel etwas ein. Er platzte sofort damit heraus.

„Ich will besser tanzen können als alle anderen Jungen im Dorf, und ich möchte immer genauso viel Geld in meinen Taschen haben, wie Ezechiel …"

Der Zwerg sprang auf und stampfte mit dem Fuß auf. Die riesige Fichte erzitterte, und es regnete Fichtenzapfen auf Pidder. „Was für ein dummer, egoistischer Wunsch!"

Pidder duckte sich.

„Leider muss ich ihn gewähren. Das sind die Regeln." Der Zwerg funkelte Pidder wütend an. „Aber den Wunsch vom Geld schränke ich ein. Du wirst ebenso viel Geld in deinen Taschen haben wie Ezechiel, solange seine Taschen nie leer sind."

Pidder lachte „Ezechiel hat immer Geld in seinen Taschen."

„Nun, dann ist das ja kein Problem, oder?" Das Glasmännchen stampfte erneut mit dem Fuß auf. „Jetzt sag mir deinen zweiten Wunsch. Da ich glaube, dass du dumm genug sein könntest, ihn auch zu verschwenden, werde ich den dritten für einen Notfall aufheben."

Pidder zitterte. Sein Gehirn arbeitete so langsam so nie zuvor. Er hatte gar nicht weiter gedacht als bis zum ersten Wunsch. Was brauchte man denn noch, außer Geld und Liebe … beziehungsweise die Chance, Liebe zu gewinnen?

„Was ist nun? Ich hab nicht die ganze Nacht Zeit." Das Glasmännchen schrumpfte schon wieder.

„Ich … ich will …" Pidders Gedankten blieben stehen, als er ihm etwas einfiehl, das er verlangen konnte. „Ich will die Glashütte."

„Gewährt, wie der erste Wunsch. Morgen Nachmittag wirst du die Fabrik kaufen können." Der Zwerg starrte ihn an. „Du hättest dir Verstand wünschen sollen", sagte er, bevor er verschwand. Das Leuchten zwischen den Baumwurzeln erstarb.

Zitternd setzte sich Pidder auf den Boden, froh, dass er sich nicht in die Hose gemacht hatte. Er vergaß sogar, sich wieder in seine Decke einzuwickeln. Wenn er gewusst hätte, wie gruselig das Glasmännchen sein konnte, hätte er es sich zweimal überlegt herzukommen. Seine Finger waren furchtbar kalt, also steckte er sie in seine Taschen. Was war das? Er zog etwas Rundes heraus, eine Münze. Er prüfte sie. Gold! Das war eine Goldmünze. Konnte es sein? Er biss in die Münze und spürte, wie seine Zähne in das weiche Material sanken. Ja, es war wahr. Er hatte wirklich genau soviel Geld wie Ezechiel in der Tasche. *Mutter und ich werden nie wieder hungern.* Immer noch zitternd, lachte Pidder.

◐ ◐ ◐

„Das lief ja gut." Mikael zwang sich, nicht zu lachen. Sein Freund war aufgeregt genug.

„Warum musste dieser Idiot um so etwas Dummes bitten?" Elfin tigerte in der Küche in ihrer Höhle hin und her. „Hat er kein Gehirn?"

„Ich bin mir sicher, er hat eines. Aber Mitternacht, ein dunkler Wald und ein magischer Mann so groß wie eine Faust, der sogar den größten Baum des Waldes zum Zittern bringt …" Mikael biss sich auf die Lippe und atmete tief durch, bevor er weitersprach. „Das sind wahrscheinlich nicht die besten Umstände für klares Denken."

Elfin hielt in seiner Wanderung inne und starrte seinen Freund mit gerunzelter Stirn an.

Mikael spürte immer noch das Gelächter in sich, zwang sich aber, so ernst zu bleiben, wie er konnte. „Möchtest du etwas Kaffee?"

„Also gut." Elfin verschwand und erschien wieder neben seinem Stuhl, der auf dem Tisch stand. „Vergiss nicht, dass du als Nächstes dran bist. Ich bin wirklich neugierig zu sehen, was du geplant hast."

Mikael füllte Elfins kleine Tasse mit Kaffee, hob seine eigene hoch und nippte vor der Antwort. „Vorher will ich sehen, was Pidder mit deinen Geschenken anfängt. Wollen wir ihn beobachten?"

Elfin entspannte sich sichtlich, als sie sich der Kristallkugel zuwandten.

○ ○ ○

Pidder verschlief den ganzen Morgen und war immer noch müde, als er sich zum Mittagessen setzte. Wie sollte er es anfangen, die Glashütte zu kaufen? Er beschloss, zum Dorfgasthaus zu gehen, um zu sehen, ob er mit Heinrich reden konnte. Bis vor Kurzem hatte der jetzige Eigentümer noch viel Zeit dort verbracht.

Er betrat das Gasthaus und bestellte sich ein Glas Bier, bevor er das Zimmer nach Heinrich absuchte. Er war nicht da, aber Ezechiel, ein reicher Landwirt und ein Holzhändler saßen an einem Tisch in der Ecke und spielten Karten. Ezechiel gewann, wischte die Münzen vom Tisch und steckte sie in seine Tasche.

Pidders Hand flog zu seiner eigenen Tasche. Sie war vom Geld schwer geworden. Er wagte kaum zu atmen, nahm sein Bier und suchte sich einen Platz an einem Ecktisch, wo ihn die anderen nicht sehen konnten. Er zog das Geld heraus und begann zu zählen, aber die Stimmen in seinem Rücken unterbrachen seine Konzentration.

„Wie lange werden sie ihn dort behalten?", fragte der Holzhändler.

„Wahrscheinlich für immer." Ezechiel gluckste. „Niemand bei vollem Verstand wird seine Glashütte kaufen."

„Die Leute in der Stadt zahlen kaum noch etwas für Glas. Trumpf." Ein dumpfes Klatschen zeigte an, dass der Landwirt eine Karte auf den Tisch gepfeffert hatte.

„Och nee … nicht Herz." Der Holzhändler seufzte. „Also, wenn jemand seine Fabrik kauft, wird er wieder freigelassen?"

„Es gibt keinen Grund, ihn im Schuldturm zu lassen, wenn seine Schulden bezahlt sind", sagte Ezechiel. „Das ist meiner."

Ein weiteres Klatschen folgte und der Holzhändler stöhnte.

Die Fabrik ist zu verkaufen! Pidder staunte über die geniale Vorgehensweise des Glasmännchens. Jetzt war alles, was er brauchte, genug Geld für eine Anzahlung. Er ignorierte die Spieler und konzentrierte sich darauf, sein Geld zu zählen. Zweihundertdrei Goldmünzen und eine Hand voll Silberstücke. Pidder war verblüfft. Das war mehr als genug. Wieso lief Ezechiel mit so viel Geld in der Tasche herum? Sollte er es nicht besser in einem sicheren Kasten einschließen oder es verstecken?

Eilig wickelte er die Münzen in sein Taschentuch ein, versteckte das Bündel unter seiner abgewetzten Jacke, trat zu den Spielern und grüßte sie.

„Ich konnte nicht umhin, euer Gespräch mit anzuhören", sagte er. „Wenn jemand daran interessiert wäre, die Glashütte zu kaufen, an wen würde er sich wenden müssen?"

„*Du* bist an der Fabrik interessiert, Pidder Munk?" Ezechiel lachte laut. „Ich glaube kaum, dass du genug Geld hast."

Der Landwirt nickte ernst.

„Die Anzahlung liegt bei mindestens tausendfünfhundert Silbermünzen."

„Ich bin einfach neugierig." Pidder versuchte ein Lächeln. „Wenn jemand Heinrich helfen will, wohin müsste der gehen?"

„Zum Schuldturm in der Stadt natürlich." Der Holzhändler zeigte auf den letzten leeren Stuhl am Tisch. „Wisst du mitspielen?"

„Er kann nicht."

„Ich kann nicht."

Pidder und Ezechiel sprachen gleichzeitig.

„Ich muss arbeiten", fuhr Pidder fort. Er verabschiedete sich und verließ das Gasthaus. Frohen Mutes wandte er sich der Stadt zu. Es würde den halben Tag dauern, dort hin zu laufen, aber der Gedanke daran, die Glashütte zu besitzen, trieb ihn an.

⬤ ⬤ ⬤

Als stolzer Eigentümer und mit ebenso viel Reichtümern in seinen Taschen wie Ezechiel änderte Pidder in den nächsten drei Monaten ein paar Dinge in der Glashütte. Als erste Amtshandlung zahlte er den Köhlern höhere Preise. Auch reduzierte er die Zeit, die jeder Arbeiter an den Öfen verbringen musste. Und er entwickelte Glasornamente für Weihnachten, wie zum Beispiel versilberte Tannenzapfen. Er hatte ein größeres Holzrahmenhaus bauen lassen und es mit seiner Mutter bezogen. Dabei staunte er, wie schnell so etwas gehen konnte, wenn man genug Geld hatte. Er genoss es, das Zentrum der Aufmerksamkeit zu sein, obwohl Ezechiel ihn noch immer ablehnte und behauptete, er würde Geld stehlen oder es mit Schmuggel verdienen. Pidder behielt sein Geheimnis für sich.

In seiner Freizeit, von der er jetzt mehr hatte als früher, organisierte er Tanzveranstaltungen an den Wochenenden, was ihn bei den jungen Einwohnern des Dorfs, beim Gastwirt und bei Lisbeth sehr beliebt machte. Sein Herz sang jedes Mal vor Freude, wenn er mit ihr tanzen durfte. Wegen seiner neuen Fähigkeiten und seiner besseren Kleidung wurde er bald Lisbeths bevorzugter Tanzpartner.

An einem regnerischen Freitag im Oktober kam der Glashändler aus der Stadt, um sich Pidders Waren anzusehen.

„Was ist das?" Er zeigte auf die silbrigen Tannenzapfen, die farbigen Glasbälle und die Glasengel.

„Ornamente für Weihnachten."

„Niemand wird dafür auch nur einen Groschen ausgeben", sagte der Kaufmann.

„Die Leute werden sie lieben." Pidder zog seine Uhr heraus, um zu sehen, wie viel Zeit er noch bis zum Tanzabend hatte. „Sie brauchen etwas mehr als Äpfel und Strohsterne, um sie an ihre Weihnachtsbäume zu hängen."

„Sie brauchen Flaschen und Vasen und Trinkgläser, aber nicht so einen …" Der Kaufmann wedelte mit einer Hand. „… kindischen Unsinn."

Pidder zuckte mit den Schultern. „Wenn Sie nicht interessiert sind, verkaufe ich sie selbst."

„Viel Glück damit." Der Kaufmann kehrte zu seinem Wagen zurück und fuhr davon.

Den wären wir los. Schließlich brauche ich sein Geld nicht. Pidder seufzte vor Erleichterung. Er würde nicht zu spät kommen. In Gedanken sah er nur noch Lisbeths braune Augen und ihre vom Tanzen geröteten Wangen.

○ ○ ○

Als sich der Abend zum Ende neigte, nahm Pidder Lisbeths Arm, führte sie aus dem Gasthaus und über die Straße zum Haus ihres Vaters.

„Danke noch einmal für den wunderbaren Abend, Pidder." Sie lächelte ihn an, und seine Kehle verengte sich. Außerstande zu reden, nickte er einfach. „Weißt du, ich mag es, dass du nicht so knauserig bist wie mein Vater."

„Dein Vater weiß eben, wie er sein Geld zusammen hält." Dieses Thema war sicherer Boden. Er versuchte zu lächeln, aber es gelang im nicht besonders. Dabei wollte er ihr nichts lieber sagen, als dass er sie liebte, stattdessen äußerte er Banalitäten über ihren Vater. „Wenn es dir nichts ausmacht, hole ich dich nächsten Freitag wieder ab."

„Es macht mir aber etwas aus."

Pidders Herz schien einen Schlag auszusetzen. Was hatte er jetzt falsch gemacht? Warum wollte sie nicht, dass er sie abholte? Bevor er sich räuspern konnte, um zu fragen, packte sie die Aufschläge seines Mantels und zog ihn zu sich hinunter, bis sich ihre Lippen trafen. Sie schmeckte nach Apfelsaft und raubte Pidder den Atem.

Als sie ihn losließ, sagte sie: „Komm gleich morgen früh."

„Lisbeth", flüsterte er.

„Pidder." Sie kicherte. „Manchmal bist du so langsam von Begriff. Ich bin schon ewig in dich verliebt."

Bei dieser Enthüllung weitete sich Pidders Herz, obwohl ein Splitter an Zweifel blieb. „Warum hast du dann nicht mit mir getanzt, als ich noch arm war?"

„Vater hat es mir verboten. Ich durfte nur mit jemandem tanzen, der mehr als eine bestimmte Summe Geld hatte." Lisbeth seufzte. „Meistens war das kein Problem. Die ärmeren Männer wagten sich sowieso nie an mich heran. Du warst der Einzige, der nie aufgab. Gott, wie schwer es mir gefallen ist, den Schmerz in deinen Augen zu ertragen, wenn ich dich ablehnen musste." Sie legte ihre Arme um ihn, und er zitterte vor Glück.

Teile seines Körpers begannen sich zu bewegen, die außerhalb eines Ehebettes kein Recht dazu hatten.

„Ich liebe dich mehr als mein eigenes Leben." Seine Stimme war heiser.

„Das steht dir ins Gesicht geschrieben." Sie küsste ihn wieder. „Ich will, dass du schnellstens mit Vater redest."

Bevor er noch etwas sagen konnte, küsste sie ihn ein letztes Mal, lief ins Haus, und ließ ihn mit zitternden Knien zurück. Er musste sich am hölzernen Gartenzaun abstützen, um nicht zu fallen. *Dank sei dir, Glasmännchen,* dachte er. *All meine Träume werden wahr.*

◔ ◔ ◔

„Mir scheint, die Dinge entwickeln sich gut für unser Versuchskaninchen", sagte Elfin. „Ich sagte ja, dass ein Happy Ends nur mit Magie erreicht werden kann."

„Noch ist er nicht verheiratet." Mikael runzelte die Stirn über seinen Freund. „Und er hat mehr als drei Monate gebraucht, um an diesen Punkt zu kommen."

„Das ist wahr." Elfin streckte sich. „Wir müssen für dich eine andere Testperson finden, wenn Pidder verheiratet ist, um zu sehen, ob du es schneller hinbekommst."

„Wie ich schon sagte, ist er noch nicht verheiratet." Mikael stand auf und schaltete das Licht aus. „Lass uns Feierabend machen."

ᓂ ᓂ ᓂ

Früh am Morgen wusch sich Pidder gründlich, rasierte sich und zog seinen Sonntagsstaat an. Nicht den alten Anzug, den er von seinem Vater geerbt hatte, sondern einen brandneuen, den er in der Stadt bestellt hatte. Er hatte sich sogar Unterwäsche aus feinstem Leinen geleistet.

„Oh siehst du heute Morgen aber gut aus." Seine Mutter lächelte ihn an.

„Ich will Ezechiel heute um Lisbeths Hand bitten. Wünsch mir Glück." Außerstande zu essen, küsste er ihre Wange und verließ ihr neues Haus. Er hatte es nicht weit. Da es sehr früh am Morgen war, war er ziemlich überrascht, als ihm der Vogt in den Weg trat. Der Mann, der in ihrem kleinen Dorf für alle Polizei- und Verwaltungsarbeiten zuständig war, runzelte wie immer die Stirn.

„Morgen, Pidder." Der hagere Mann legte eine Hand auf seine Schulter. „Der Gerichtsvollzieher der Stadt bat mich um Hilfe. Du hast vergessen, die zweite Rate für die Glashütte zu bezahlen."

„Tut mir leid, Vogt." Pidder musste sich dazu überwinden, nicht immerzu an sein Vorhaben zu denken. Der Zahlungszeitpunkt war ihm völlig entfallen. Er steckte die Hände in seine Taschen und zog heraus, was an Geld darinnen war. „Hier ist ein Abschlag. Ich habe mehr, muss aber erst mit Ezechiel reden."

„Ein guter Anfang, aber ich brauche den Rest wirklich spätestens morgen." Der Vogt steckte das Geld ein. „Was willst du bei dem alten Geizkragen?"

Pidder wurde rot.

„Lisbeth … ich meine … ich will ihn um seine Erlaubnis zu einer Heirat bitten."

Der Vogt lachte.

„Na dann viel Glück, Junge. Ezechiel wollte immer jemand Besonderen für seine Tochter. Um deines Glückes willen hoffe ich, dass du ihm gut genug bist."

„Ich bin genauso reich, wie er." Pidder stand so gerade er konnte. „Ich sollte ihm wohl passen."

„Wie ich sagte, viel Glück." Der Vogt drehte sich um, ging davon und überließ Pidder seinen Gedanken.

Ich heirate Lisbeth, so oder so, schwor er sich und betrat den Hof von Ezechiels Bauernhaus. Der reiche Bauer schlief noch. Also machte er es sich auf einem Stuhl im Küchenbereich des Hauses bequem und beobachtete wie Lisbeth die Mägde führte. Sie sah für ihn wie eine Königin aus. Bald füllte der Geruch von Grießbrei und Kräutertee das Haus, und Ezechiel verließ sein Schlafzimmer, wobei er gähnte und sich streckte. Pidder musste sich auf die Unterlippe beißen, um nicht zu lachen. Mit dem weißen Nachthemd und den dünnen Beinen sah der beleibte Mann wie eine riesige weiße Spinne aus – auch wenn er natürlich weniger Beine hatte.

„Hey, Nachbar. Du bist aber früh auf." Ezechiel ging zurück in sein Schlafzimmer. „Ich bin in einer Minute bei dir. Ich muss mich nur anziehen."

Als er zurückkehrte, führte er Pidder in die gute Stube, wo er es sich in einem Sessel neben dem Kachelofen bequem machte. Er bat Pidder nicht, sich ebenfalls zu setzen.

„Was kann ich für dich tun?" Er stopfte seine Meerschaumpfeife.

„Wie du sicher bemerkt hast, bin ich in letzter Zeit zu Geld gekommen." Pidder wischte seine feuchten Handflächen an seiner Hose ab und versuchte, sein rasendes Herz zu beruhigen. „Daher bitte ich dich um Lisbeths Hand."

„Vergiss es." Die Pfeife brannte an und Ezechiel verschwand hinter einer Rauchwolke.

„Aber ich habe ebenso viel Geld wie du."

„Das ist nicht der Punkt. Ich hatte Anfragen von den Leuten, die reicher waren als du es bist." Ezechiel paffte eine Weile. „Keiner von ihnen ist gut genug für meine Tochter, und du bist es auch nicht. Wir warten auf einen Baron oder einen Prinzen."

„Lisbeth und ich lieben uns." Pidder ballte seine Hände zu Fäusten. Es musste ihm gelingen, den Alten umzustimmen.

„Was hat Liebe damit zu tun? Du bist nicht gut genug, und basta." Ezechiel lehnte sich zurück und legte ein Bein über das andere. „Jetzt lass mich in Ruhe."

Pidder biss sich auf die Zunge und kämpfte mit seiner Wut. Er wollte den sturen Mann nicht angreifen. Das würde jede Chance ruinieren, die er noch haben könnte. „Deine Tochter stirbt als alte Jungfer. Kein Prinz oder Baron ist je hier durchgereist."

„Kümmere dich um deinen Kram."

Pidder drehte sich um und stürmte aus dem Zimmer. Er stolperte gegen Lisbeth, die auf ihn gewartet hatte. Sie nahm seine Hand, zog ihn zum großen Tisch, an dem die Mägde und Knechte normalerweise ihr Frühstück aßen, und sie setzten sich.

„Ich fürchtete schon, dass er Nein sagen würde." Sie kämpfte gegen die Tränen.

„Es muss einen Weg geben." Pidder starrte den Tisch an, unfähig, die Traurigkeit in ihrem Gesicht zu ertragen. „Wenn ich ihn nur bestechen oder zwingen könnte."

„Pidder, du ist ein Genie." Lisbeth legte ihre Hand auf seinen Arm und beugte sich vor. „Erinnere dich daran, wie stolz er darauf ist, dass er immer sein Wort hält?"

Pidder nickte.

„Hast du bemerkt, wie sehr er das Spiel liebt?" Ihre Augen funkelten.

Als ihm die Bedeutung ihrer Worte klar wurde und was es für ihn heißen würde, fiel Pidder die Kinnlade herunter. Er brauchte lange, um sich einzukriegen. Dann schüttelte er den Kopf.

„Das kann ich nicht tun. Ich würde zu viel verlieren."

„Es wäre für mich." Lisbeth legte den Kopf auf die Seite und klapperte mit den Wimpern. „Meinst du nicht, dass es das das Risiko wert wäre?"

„Was, wenn ich wieder zu einem Bettler werde?" Pidder hielt den Atem an. Er wusste, dass das wahrscheinlich war.

„Ich liebe dich, ob du Geld hast oder nicht." Sie sprach leise, doch Pidder spürte den eisenharten Willen hinter ihren Worten. Sein Herz hämmerte laut. Wenn *sie* alles riskierte, würde *er* es auch.

„Ich mach es." Er stand auf und ging in die gute Stube zurück.

„Was willst du noch hier?" Ezechiel starrte ihn an.

„Lass uns würfeln oder", er stockte, „eine Partie Karten spielen."

Die Augen des alten Mannes leuchteten auf.

„Du willst spielen?"

„Mein Vermögen für ihre Hand." Pidder wollte die Worte zurücknehmen, wusste aber, dass er das nicht konnte.

„Ich gebe das Geld aus meinen Taschen als Mitgift zu dem Handel dazu." Ezechiel nahm die Pfeife aus dem Mund, stand auf und hielt Pidder die Hand entgegen. „Heute Nachmittag um drei Uhr im Gasthaus."

Mit hängenden Schultern ging Pidder nach Hause. Er hasste es zu spielen, und jetzt wurde er dazu gezwungen.

„Was ist passiert?" Seine Mutter nahm seine Hände und sah ihm mit einem besorgten Stirnrunzeln tief in die Augen. Er erzählte ihr alles.

„Ich könnte alles verlieren", endete er.

„Davor fürchte ich mich nicht. Wir waren schon einmal arm. Wenn du so die Möglichkeit hast, glücklich zu werden, riskiere ich es gern, wieder arm zu sein. Wir kamen vorher zurecht, und werden es auch nachher schaffen." Sie drückte seine Hände.

Pidder zwinkerte Tränen zurück. Sie hatte Recht, aber er sollte sich besser vorbereiten. Mit einem Seufzer zog er alles Geld aus seinem Mantel, das er in seinen Taschen finden konnte. Es war nicht gerade viel. Offensichtlich hatte Ezechiel seine Taschen noch nicht aufgefüllt. Aber es sollte reichen, um sie für ein paar Wochen über Wasser zu halten, sollte es nicht gut für ihn ausgehen.

Pünktlich um drei Uhr betrat Pidder das Gasthaus. Ezechiel war schon dort, und mit ihm jeder Mann des Dorfs. Hatte der Geizhals es allen erzählt? Pidders Ohren wurden heiß. Dies war ein Geschäft zwischen ihnen beiden. Warum wollte er so viele Zeugen?

„Ist es wahr?" Der Bauer, der normalerweise mit Ezechiel spielte, zupfte an seinem Ärmel. „Du willst mit ihm eine Runde würfeln?"

Pidder nickte. Der Bauer beugte sich vor.

„Pass auf, dass er nicht betrügt. Er ist gut darin. Besonders, wenn er viel zu verlieren hat."

„Danke für den Tipp." Pidder zwängte sich durch die Menge zum Tisch.

„Ich dachte nicht, dass du kommen würdest", sagte Ezechiel. „Die beiden besten Würfe?"

„Ist mir recht." Pidder setzte sich. Er wandte sich an die Menge, die um sie herum stand. „Hat er erklärt, warum ich das hier mache?"

Totenstille.

Dann fragte der Bauer: „Es gibt einen Grund für deinen Sinneswandel?"

„Das geht euch nichts an", warf Ezechiel ein. Er knallte ein Paar Würfel auf den Tisch. „Lass uns anfangen."

Er will nicht, dass sie es wissen! Ein Lächeln flog über Pidders Gesicht.

„Ich bin kein Spieler", sagte er. „Deshalb will ich, dass die Regeln und die Gewinne klar sind. Wir werfen also den Würfel so oft wie notwendig, und der mit den beiden besten Würfen ist Sieger, richtig?"

„Ja." Ezechiels Hand zitterte leicht, als er auf den Stuhl ihm gegenüber zeigte. „Jetzt setz dich."

Aber Pidder war noch nicht fertig. „Wenn du gewinnst, bekommst du all mein Geld, die Glashütte und alles, was ich sonst besitze. Wenn ich gewinne, bekomme ich Lisbeth."

Ein kollektiver Atemzug ging durch die Menge. Ezechiel knirschte mit den Zähnen.

„Es gibt keinen Grund, das von den Dächern zu schreien."

Pidder setzte sich und nahm die Würfel. Er schüttelte sie sanft in seiner Hand, dann gab er sie Ezechiel. „Du zuerst."

Der Kaufmann funkelte ihn wütend an, nahm die Würfel aber an, ohne zu zögern. Er hielt sie in beiden Händen und schüttelte sie für einen Moment, dann warf er sie auf den Tisch. Sie rollten etwas. Alle hielt den Atem an.

Zwölf.

Bevor Ezechiel die Würfel aufheben und sie Pidder geben konnte, hatte sie der junge Mann gepackt. Ihr Gewicht war anders verteilt als zuvor. Er lächelte innerlich. Ohne sie viel zu schütteln, rollte er sie über die Tischplatte.

Zwölf.

„Wir brauchen andere Würfel", sagte er zum Gastwirt und legte die Hände über die beiden auf dem Tisch. „Diese beiden sind nicht in Ordnung."

„Behauptest du, ich würde betrügen?" Ezechiel erhob sich halb von seinem Stuhl.

„Kein bisschen." Pidder lächelte, aber seine Augen blieben kalt. „Aber dies ist das wichtigste Spiel meines Lebens, also muss ich sicher gehen, dass wir dieselben Chancen haben."

36

„Also schön." Ezechiel setzte sich wieder und wartete bis der Gastwirt neue Würfel brachte, aber Pidder konnte seine unterdrückte Wut an seinem Tonfall erkennen.

Er hoffte, dass Ezechiel nur ein einziges Paar manipulierte Würfel hatte. Sie mussten ihn viel Geld gekostet haben. Als sie die neuen Würfel bekamen, warf Pidder zuerst.

Acht. Nicht schlecht, aber auch nicht wirklich gut.

Ezechiel warf eine sechs und eine drei.

Pidder schluckte und nahm die Würfel erneut auf. *Glasmännchen hilf mir bitte.*

Die Würfel rollten über den Tisch. Acht.

Ezechiel lachte und würfelte. Fünf. Er fluchte.

Wieder warfen sie die Würfel. Sechs für Pidder, sechs für Ezechiel. Trotz der vielen Leute im Gasthaus konnte man kein Geräusch hören, abgesehen vom Atmen der Leute.

Pidder hatte einen Geschmack im Mund, als hätte er einen faulen Apfel gegessen. Als er die Würfel erneut nahm, war sein Mund wie ausgetrocknet. Er schloss die Augen und atmete tief. *Bitte, lass mich diese Runde gewinnen.*

Die Würfel rollten über den Tisch; einer taumelte gefährlich nahe an der Kante bevor er zur Ruhe kam. Zehn. Pidder wagte kaum zu hoffen.

Ezechiel hob die Würfel mit zitternden Fingern auf. Er schüttelte sie in seinen Händen für eine gefühlte Ewigkeit, bevor er sie auf den Tisch fallen ließ. Der erste drehte sich ein paar Mal und blieb liegen. Sechs. Der zweite rollte viel länger. Als er schließlich still lag, zeigte er eine drei.

Pidder sackte in sich zusammen. Er hatte nicht einmal bemerkt, dass er die Luft angehalten hatte.

Ezechiel saß unbeweglich. Sein Gesicht war blass wie der Tod, und sein Blick klebte an den Würfeln.

„Ich ... ich habe verloren?" Seine Stimme war kaum mehr als ein Flüstern.

„Du hast verloren." Der Bauer lachte. „Zum ersten Mal in einer Ewigkeit, Ezechiel!"

Im Gasthaus brach brüllendes Gelächter aus.

Gestärkt von dem Gedanken, wie glücklich Lisbeth über diesen Ausgang wäre, stand Pidder auf. „Wir heiraten nächsten Sonntag, bevor dir noch ein Trick einfallen kann."

„Die Mitgift", rief der Bauer.

„Die Mitgift! Die Mitgift! Die Mitgift!", fiel der Rest der Menge ein.

Mit zitternden Knien stand Ezechiel auf und begann, seine Taschen zu leeren. Pidder hätte das Geld am liebsten liegen gelassen und wäre zu seiner Liebsten gelaufen, aber die Menge wollte ihn nicht durchlassen, bis er auch die letzte Münze vom Tisch genommen und eingesteckt hatte. Er drängelte sich durch die Männer zur Tür, und jeder schlug ihm freundlich auf die Schulter oder den Rücken und beglückwünschte ihn. Als er schließlich frei war, eilte er zu Lisbeths Heim. *Ich habe gewonnen! Ich habe nicht alles an Ezechiel verloren.* Sein Herz hüpfte im Rhythmus seiner Füße.*Lisbeth wird meine Frau!*

Zu erregt, um sein Glück ganz zu begreifen, steckte er die Hände in die Taschen.

Sie waren leer.

Die Stimme des Glasmännchens hallte durch seinen Kopf. *Du wirst ebenso viel Geld in deinen Taschen haben wie Ezechiel, solange seine Taschen nie leer sind.*

Sein Herz fiel wie ein Stein. Wie sollte er jetzt den Rest seiner Schulden bezahlen?*Ich muss noch einmal mit dem Glasmännchen reden. Es muss mir genug Geld geben, dass ich Lisbeth und Mutter ein bequemes Leben bieten kann. Wenn ich vor Einbruch der Nacht aufbreche, sollte ich es vor Mitternacht zu seiner Fichte schaffen,* dachte er. Dankbar dass gerade wieder Vollmond war, ging Pidder schneller. Wenigstens hatte er Lisbeth. Der Rest würde folgen, dessen war er sich sicher.

„Siehst du, ich hab ja gesagt, dass er sein Happy End noch nicht erreicht hat." Mikael sah von der Kristallkugel auf und zeigte auf die leeren Taschen des jungen Mannes. „Weißt du was? Ich sollte so etwas wie deine Kristallkugel für alle erfinden. Stell dir vor, es wäre möglich, deine Lieben aus der Entfernung zu sehen und vielleicht sogar sprechen zu können. Das wäre eine ziemlich gute Erfindung."

„Hör auf abzulenken", sagte Elfin. „Ich muss darüber nachdenken, was ich ihm sage, wenn er wieder auftaucht."

„Gar nichts, denn jetzt bin ich dran." Mikael stand auf, holte sich eine Tasse Kaffee und überließ es Elfin, das junge Paar zu beobachten, das sich im Hof von Lisbeths Vater umarmte.

„Aber er hat noch einen Wunsch übrig."

„Stimmt." Mikael nippte. „Doch mit dem Sturm an Gefühlen in seinem Herzen wählt er sicher wieder etwas so Törichtes wie zuvor. Gib mir eine Chance."

Als Elfin eine Weile darüber nachgedacht hatte, nickte er.

„Du hast Recht. Versuch es, und dann sehen wir weiter."

Mikael sah sich in der Höhle um. Die kalten Wände und der Boden waren von weichen Teppichen bedeckt. Komfortable Stühle, ein Bücherregal, ein Tisch, zwei unterschiedlich große Betten und ein Kamin vervollständigten ihr Heim.

„Hier ist es viel zu gemütlich", sagte er. „Ich brauche etwas, das wie eine Werkstatt aussieht."

„Da dies dein Teil der Wette ist, werde ich keine Magie für dich einsetzen." Elfin kreuzte die Arme vor der Brust und grinste.

„Brauchst du auch nicht." Mikael stellte seine Tasse ab. „Ich habe alles mit, was ich brauchen werde." Er verließ ihr Heim. Schließlich gab es in der Gegend noch mehr Höhlen.

Ein paar Stunden später saß er auf einem Stein nahe einer Schlucht, die Pidder überqueren musste, um zur Fichte zu gelangen. Die Nacht war schon hereingebrochen, und die Bäume standen wie große, dunkle Soldaten hinter ihm. Um Pidder zu beeindrucken, hatte Mikael winzige Glühbirnen an den Rand seines Kragens genäht, die vom gezähmten Blitz angetrieben wurden. Die Miniaturdampfmaschine, die nötig war, um den gezähmten Blitz zu produzieren, steckte in seiner Pfeife. Das grünliche Licht erhellte sein bärtiges Gesicht von unten. Mikael fand, dass er interessant aussah. Alles in allem war er ziemlich stolz auf die Wirkung.

Als er einen Schatten bemerkte, der durch die Bäume auf die Schlucht zukam, versteckte er sich hinter einem hohen Stein. Er wollte Pidder keine Chance geben, ihm auszuweichen. Der junge Mann erreichte sein Versteck wenig später, und Mikael trat hervor.

„Guten Abend, Pidder Munk", sagte er.

Pidder schoss herum, und sein Mund klappte auf.

„Du bist also wieder auf dem Weg zu El… ich meine … dem Glasmännchen?"

„Woher weißt du das?" Pidder trat einen Schritt zurück.

„Ich weiß Vieles, Pidder." Mikael lächelte. „Ich weiß auch von deinen Schwierigkeiten."

„Ich bin nicht in Schwierigkeiten." Pidder trat einen weiteren Schritt zurück.

Mikael begann zu ahnen, das es vielleicht odch keine so gute Idee gewesen war, sein Gesicht von unten zu beleuchten. *Vielleicht hätte ich einen Hut tragen sollen.* Er lächelte etwas mehr.

„Ich kann dir helfen, deine Glashütte zu behalten. Und wenn du ein eigenes Vertriebsnetz aufbaust, solltest du in der Lage sein, Lisbeth einen angemessenen Lebensstil zu bieten. Die Idee mit dem Weihnachtsbaumschmuck war genial."

Pidder trat vor. Sein Gesicht strahlte.

„Glaubst du wirklich? Alle lachen über die Idee."

„Alles, was du brauchst, ist etwas Geld, um ein Vertriebsnetz aufzubauen. Und natürlich mehr Geschäftssinn." Mikael streckte seine Hand aus. „Übrigens nennt man mich den Flachland Michel."

„Flachland Michel." Pidder wurde blass. „Ich werde dir meine Seele nicht geben."

„Das sagt man über mich? Dass ich Seelen stehle?"Mikaels Augen weiteten sich. Dieser Schweinehund … Er würde Elfin nie wieder vertrauen, wenn es um eine Wette ging. Er richtete zu seiner vollen Größe auf. „Damit liegen alle völlig falsch. Was sollte ich mit Seelen?"

„Warum willst du mir sonst helfen?" Pidder stand wie angewachsen, schien aber tapfer genug, um wenigstens zuzuhören. „Was willst du dafür?"

„Ich habe mit dem Glasmännchen eine Wette laufen, die ich gewinnen möchte", sagte Mikael. „Warum hörst du meine Idee nicht erst einmal an? Wenn sie dir nicht gefällt, kannst du jederzeit gehen."

Pidder betrachtete ihn schweigend, während er offensichtlich über das Angebot nachdachte.

„Ich kann dir beides geben, Geld und einen klaren Kopf." Mikael streckte die Hand noch einmal aus. Ein kaum merklicher Ruck ging durch Pidder, und er nahm sie.

„Aber wenn mir dein Vorschlag nicht gefällt, muss ich Punkt Mitternacht das Glasmännchen rufen."

„Das ist kein Problem. Mein Heim ist ganz in der Nähe. Von dort bist du in zehn Minuten an seiner Fichte." Mikael führte ihn, und sie gingen schweigend. Erst als sie die Höhle erreichten, die er für seinen Teil der Farce gewählt hatte, sprach Pidder wieder.

„Ich habe diese Höhle noch nie gesehen, und ich kenne diesen Wald wie die Tasche meines Mantels." Sein Blick wanderte über die kahlen Wände, über die Steine, die Mikael ausgehöhlt und von innen beleuchtet hatte, über die Steinbank, die einem Bett ähnelte, über die Werkzeuge, die an einer Wand hingen, und über die Berge aus Gold, Silber, Messing und Eisen, die sich gleich neben einer von Mikaels Kaffeemaschinen auf einem steinernen Regal stapelten.

„Man kann nicht immer alles sehen", sagte Mikael. „Möchtest du etwas Kaffee?"

„Ehm … ja?"

Mikael wusste, dass Pidder das Getränk nicht kannte und bewunderte seinen Mut, etwas Neues zu probieren. Er füllte zwei Tassen und setzte sich auf einen Stuhl neben einem Stein, der als Tisch diente. Er zeigte auf einen zweiten Stuhl. „Mach es dir bequem."

Pidder setzte sich und nippte. Seine Augen weiteten sich, und sein Mund verzog sich.

„Magst du es?"

„Ehm, es schmeckt … interessant." Pidder setzt die Tasse ab und lehnte sich vor . „Und was ist deine Idee?"

„Ich habe dich bereits eine ganze Weile beobachtet und festgestellt, dass du deine Entscheidungen immer aus dem Bauch heraus triffst." Mikael kratzte sich am Bart. „Ich habe etwas erfunden, das emotionalen Spitzen dämpft, und dich zu einem jungen Mann mit einem klaren Kopf machen könnte. Mit deiner natürlichen Intelligenz und weniger irrationalem Verhalten solltest du in der Lage sein, dein Glück zu machen."

„Das klingt interessant. Wie würde das gehen?"

„Ich habe festgestellt, dass der Schlüssel zur Beherrschung der Gefühle eine Manipulation auf hormoneller Ebene ist. Meine Erfindung besteht aus zwei kleinen Geräten, die …"

„Ich war nie auf einer Universität", unterbrach ihn Pidder. „Kannst du es nicht so erklären, dass ich es verstehen kann?"

„Also gut." Mikael verstand plötzlich, warum Elfin nach seiner Begegnung mit Pidder etwas verärgert gewesen war. Er war es auch. Das, was er bei einer neuen Erfindung immer am besten fand, war, wenn er es einem Benutzer erklären konnte. Offensichtlich war dieser Benutzer jedoch nicht wirklich interessiert. Er könnte sich genauso gut einen magischen Grund ausdenken. „Man könnte sagen, dass ich dein Herz gegen einen Stein tauschen werde."

„Aber ich sterbe ohne mein Herz."

„Nein, wirst du nicht. Der Stein arbeitet genauso wie ein Herz." Mikael hatte eine Idee. Er zeigte zu den ausgehöhlten Steinen, die von innen in einem rötlichen Licht leuchteten. „Siehst du die?"

Pidder nickte.

„Sie gehören Ezechiel, dem städtischen Gerichtsvollzieher und ein paar Baronen." Mikael grinste. Sich eine Geschichte auszudenken, machte viel mehr Spaß als er erwartet hatte. „Sie leben alle noch."

„Du würdest mir also ein Steinherz geben, das mich besonnener macht?" Pidder legte den Kopf leicht schief und runzelte die Stirn. Er brauchte offensichtlich noch ein paar mehr Gründe.

„Und du kannst die Hälfte des Goldes nehmen, das du dort siehst." Mikael zeigte auf seine Edelmetalle. Sicher war die Hälfte des Haufens viel Geld, aber er konnte es sich leisten.

Pidders Gesicht leuchtete auf.

„In dem Fall mache ich mit."

„Ich habe nichts anderes erwartet", sagte Mikael und fing Pidders Körper, der plötzlich zusammenklappte. *Wenn man bedenkt, dass Pidder nur einen Schluck Kaffee getrunken hat, habe ich das Beruhigungsmittel wahrscheinlich zu hoch dosiert. Mit Menschen zu arbeiten, ist eindeutig schwieriger als mit Maschinen.*

Nachdem er den Stein, der als Tisch diente, mit einem Laken abgedeckt hatte, das er zu Hause sterilisiert hatte, legte Mikael Pidder sehr sanft darauf. Dann räumte er die Tassen weg. Er schrubbte seine Hände mit Alkohol, bis sie schmerzten, und holte die Werkzeuge, die er brauchen würde. Er hatte sie stundenlang gekocht, bevor er sie für die Reise eingepackt hatte. Er wusste aus Erfahrung, wie leicht sich Wunden ohne diese Vorsichtsmaßnahme entzündeten. Daher überprüfte er noch einmal, ob sie fleckenlos sauber und steril waren.

Es wäre einfach nicht gut, dem Patienten zu schaden, dachte er, als er mit einem Skalpell durch die Haut an Pidders Oberschenkel schnitt. Ein winziger Spalt öffnete sich, und Blut quoll heraus. Mikael legte etwas Baumwolle um die Wunde herum, damit es nicht auf das Laken tropfte. Glücklicherweise brauchte er keinen großen Schnitt, um seinen Platzierungsschlauch in Pidders Körper einzuführen.

Sehr vorsichtig schob er den Schlauch mit dem ersten Filtergerät durch die Venen, bis er das Klopfen des Herzens in seinen Fingern spürte. *Das ist dicht genug.* Er drückte einen Knopf, der das winzige Filtergerät freigeben würde. Es würde sich dann automatisch in der Venenwand verankern. Als er den Schlauch aus dem Körper gezogen und die Wunde versorgt hatte, seufzte Mikael erleichtert, obwohl dies der leichtere Teil gewesen war. Als nächstes musste er einen zweiten Minifilter nahe des Gehirns absetzen.

Er hatte mehrere Möglichkeiten untersucht, um dicht genug heranzukommen, und hatte sich für die Drosselvene am Hals entschieden. Hier musste der Schnitt noch kleiner sein, um zu verhindern, dass zu viel Blut ausströmte. Mikael arbeitete mit großer Sorgfalt. Sobald er den Schlauch eingeführt hatte, trat kaum noch Blut aus. Sehr, sehr vorsichtig manövrierte er den Schlauch nach oben. Er musste schätzen, wo die beste Stelle für den Filter war. Aber sobald er freigegeben wurde, würde er sich in der Venenwand festsetzen und seine Arbeit machen, solange er dem Blut Zucker entziehen und in Energie umwandeln konnte.

Mikael entfernte den Schlauch so vorsichtig wie er ihn eingeführt hatte. Dann nähte er die winzige Wunde mit einem von Pidders Haaren und einer sterilen Nadel wieder zu. Der junge Mann würde wahrscheinlich nicht einmal merken, dass er operiert worden war, jedenfalls nicht wegen der Wunden. Natürlich würde er merken, dass die beiden Filter in seinem Blutkreislauf den Überschuss an Hormonen so reduzierten, dass er viel rationaler handeln konnte.

Mikael legte die Hälfte des Goldes, das er mitgebracht hatte, in einen Beutel und steckte ihn in Pidders Tasche. Dann hob er seinen Patienten auf und trug ihn vorsichtig zur Schlucht zurück, wo er ihn auf ein Bett aus Moos legte, bevor er zur Höhle zurückkehrte und einen großen Stein an seinen Platz vor dem Eingang zog. *Die Arbeit ist gut geworden,* dachte er und ging zu Bett.

○ ○ ○

„Was für ein seltsamer Traum", sagte Pidder und setzte sich auf. Vorsichtig berührte er eine schmerzende Stelle an der Seite seines Halses. Etwas musste ihn während der Nacht gebissen haben. Er sah sich um. Wo war er? Er richtete seinen Mantel und bemerkte etwas ziemlich Schweres in seiner Tasche. Als er nachsah, fand er einen mit Gold gefüllten Beutel. Jubelndes Hochgefühl breitete sich für einen kurzen Moment in ihm aus, verebbte aber schnell.

Oh, dachte er. *Also war es doch kein kein Traum. Das sollte reichen, um meine Glashütte zu bezahlen.* Aber anstatt Begeisterung und Freude über diesen unerwarteten Reichtum, zuckte er nur mit den Schultern und steckte das Gold wieder ein. *Ich sollte besser nach Hause gehen, oder Lisbeth wird sich sorgen.* Er gähnte und stand auf. Dabei fragte er sich, warum der Gedanke an Lisbeth sein Herz nicht rasen ließ. Immerhin hatte er das Recht gewonnen, sie zu heiraten. War das nicht sein größter Herzenswunsch? Sollte er nicht vor Freude tanzen? Die Erinnerung an eine Stimme tauchte auf. *Man könnte sagen, dass ich dein Herz gegen einen Stein tauschen werde.*

Pidder zuckte wieder mit den Schultern. Offensichtlich hatte Flachland Michel seinen Teil der Abmachung erfüllt. Schön. Er fühlte sich wirklich viel ausgeglichener. Er würde in die Stadt gehen und seine Schulden bezahlen, dann würde er die Hochzeit vorbereiten und anschließend ein paar Leute suchen, die seine Glasornamente in der Stadt verkaufen würden. Mit einem klaren Kopf wie seinem sollte es leicht sein, alles in Gang zu bringen.

Einige Stunden später kehrte er in sein Dorf zurück, nachdem er in die Stadt gegangen war, um alle ausstehenden Raten für die Glashütte zu zahlen. Flachland Michel hatte ihm dafür genug Geld gegeben. Jetzt war Pidder der alleinige Eigentümer. Sofort stellte er einige Männer ein, um Körbe mit Weihnachtsschmuck auf ihren Rücken in die Königreiche und in größere Städte zu tragen und zu verkaufen. Der Gedanke ließ ihn sonderbar unbefriedigt zurück. Als ob etwas fehlen würde. Nun ja, wenigstens musste Lisbeth nach der Hochzeit nicht in der alten Hütte seiner Mutter leben. Sie war überglücklich gewesen, als er ihr von der Erlaubnis ihres Vaters erzählt hatte, und war mit ihm einer Meinung, dass sie handeln mussten, bevor Ezechiel sein Wort zurückziehen konnte. Beim Anblick ihrer strahlenden Augen war er einen kurzen Moment glücklich, aber das Gefühl verschwand so schnell wie es gekommen war. Es war, als hätte es jemand es fortgewischt.

In den nächsten Wochen ging alles, wie er es geplant hatte. Sogar Ezechiel akzeptierte ihn widerwillig als Schwiegersohn. Jedoch die Freude und Zufriedenheit, die er erwartet hatte, stellten sich nicht ein. Sicher, er fühlte kurzfristig Stolz und Glück, wenn er zusah, wie Lisbeth das Essen vorbereitete, oder wenn er sie im Schlaf neben sich betrachtete. Aber die meiste Zeit fühlte er sich teilnahmslos. Ohne etwas zu fühlen, kehrte Pidder abends von der Arbeit zurück. Ohne etwas zu fühlen, aß er die schmackhaften Speisen, die seine Frau zubereitet hatte. Ohne etwas zu fühlen, verbrachte er Zeit in der Gesellschaft seines Schwiegervaters, und ohne etwas zu fühlen stand er morgens auf und kehrte zur Arbeit zurück. Ein Tag floss dahin wie der andere, und nichts unterschied sie.

◐ ◐ ◐

„Ich bin mir gar nicht sicher, dass das so eine gute Idee war", sagte Elfin und sah von seiner Kristallkugel auf. „Mit ihm scheint etwas nicht in Ordnung zu sein."

„Unsinn. Er hat mehr Geld als je zuvor und, was wichtiger ist, er verdient es durch sein eigenes Talent." Mikael trat neben seinen Freund und blickte über seine Schulter auf Pidder, der auf dem Sofa in der guten Stube lag, dem Wohnzimmer des Hauses, und sanft schnarchte.

„Aber ich habe ihn in den letzten zwei Wochen nicht ein einziges Mal lächeln sehen. Er hat auf seiner eigenen Hochzeit kaum getanzt."

„Na ja, er hatte ziemlich viel getrunken, oder nicht?" Mikael lächelte. „Glaub mir. Er ist glücklich."

„Das will ich aus seinem eigenen Mund hören."

„Du bist ja nur zu eifersüchtig, um zuzugeben, dass ich die Wette gewonnen habe", sagte Mikael.

„Mir ist egal, wer gewonnen hat." Elfin zog an seinen Haaren. „Ich mache mir wirklich Sorgen um ihn."

Mikael setzte sich neben seinen Freund und beugte sich vor. „Ich verstehe zwar nicht, was dir solche Angst macht, aber ich bin bereit, es herauszufinden. Lass ihn uns ein paar Tage und Nächte überwachen. Ich übernehme die erste Schicht."

Elfin sah zu ihm auf. „Danke dir, Mikael."

○ ○ ○

Pidder ging später als sonst in die Küche. Lisbeth war nicht zu sehen, aber seine Mutter saß neben dem Herd und rührte im Topf. Als sie ihren Sohn sah, runzelte sie besorgt die Stirn. Pidder nickte ihr zu, sank auf seinen Stuhl und zog den Brotkorb näher. Er war nicht besonders hungrig, so dass eine Scheibe mit etwas Butter genug sein würde. Seine Mutter kam zu ihm und setzte sich auf einen Stuhl neben ihm.

„Pidder, was stimmt denn nicht? Ich habe dich noch nie so gesehen." Sie legte ihre Hand auf seinen Arm.

„Nichts is." Pidder wollte nicht reden. Er wollte etwas fühlen. Irgendetwas.

„Gibt es etwas, das ich tun kann, um dir zu helfen?" Die Sorgenfalten im Gesicht seiner Mutter ärgerten Pidder. Warum konnte sie ihn nicht einfach in Ruhe lassen? Tiefe Traurigkeit füllte sein Herz. Pidder kämpfte darum, das Gefühl zu halten, aber es verschwand wie Schnee in der Sonne.

„Ich muss eine Weile alleine sein." Er stand auf, ohne sein Brot zuende zu essen, und verließ das Haus. Etwas fehlte in seinem Leben, und er wollte wissen, was das war. Er musste es zurückbekommen. Er kämpfte darum, seine Entschlossenheit zu behalten, und ging mit langen Schritten in Richtung Glashütte. Ein Pferd wieherte. Er drehte sich um und sah einen Reiter durch das kleine Dorf galoppieren. Die Augen des Pferds waren blutunterlaufen, und der Mann hing an der Mähne. Er schrie, damit die Leute aus dem Weg gingen. Pidder konnte die Panik in seiner Stimme erkennen, aber sie ließ ihn ungerührt. Wie ein Baum stand er in der Mitte der Straße und sah zu, wie das Pferd auf ihn zu raste. In Sekunden wurde es riesig. Die Schreie des Mannes wurden dringender. Und Pidder fühlte etwas.

Angst schoss durch seine Venen. Sein Herz hämmerte im Rhythmus der Pferdehufen, die auf ihn zugerast kamen. Warme Nässe lief seine Beine hinunter.

Im letzten Moment trat er beiseite, grinste dabei vor Freude, und packte die Zügel. Das panische Pferd riss ihn von den Füßen und schleifte ihn mit sich. Schmerz breitete sich dort in seinen Beinen aus, wo sie über den Boden schleiften, und seine Arme schmerzten davon, sich so hoch wie möglich zu halten. Das Pferd drehte sich zu der Seite, an der er hing. Es wurde langsamer, trabte und hielt schließlich an.

Pidder schwankte auf die Füße. Ein Hochgefühl erfüllte ihn, und er grinste von einem Ohr zum anderen. Das war es, was seinem Leben fehlte: der richtige Kick!

Es stellte sich heraus, dass der Mann auf dem Pferd der neue Pfarrer aus der Stadt war, der gekommen war, um seine Gemeinde kennenzulernen. Während er Pidder wieder und wieder für seine Rettung dankte, hüllte die vertraute Taubheit

Pidder erneut ein. Er zuckte mit den Schultern und akzeptierte das Lob ohne Gefühlsregung. Dannach verließ er das Dorf.

Die Fabrik kommt auch mal einen Tag ohne mich aus, dachte er, als er in den Wald ging.

Bald kam er an die Schlucht, an der er Flachland Michel getroffen hatte. Es war keine sehr große Schlucht, wenn man sie mit anderen verglich. Aber sie war breit genug, dass es eine Herausforderung sein würde, darüber zu springen. Pidder trat bis dicht an die Kante und sah hinunter. Sein Herz begann zu rasen, und er fühlte die Angst nach seiner Kehle greifen. Wenn er hineinfiel …

Was für ein Gefühl! Er lächelte und trat zurück. Endlich wachte sein Herz wieder auf. Er trat noch etwas weiter zurück und raste los. Am Rand der Schlucht sprang er ab und flog auf die andere Seite zu. Dabei schrie er seine Freude und seine Furcht in die kalte Herbstluft.

Er schlug auf dem Boden auf und lachte wie verrückt. Er lebte noch, und er fühlte. Bevor die Taubheit zurückkehren konnte, sprang er noch einmal … und noch einmal … und noch einmal. Als er zu erschöpft war, um es noch einmal zu versuchen, wandte er sich zurück zum Dorf. Wenige Minuten später kehrte die vertraute Gefühllosigkeit zurück. *Das muss ich häufiger machen,* dachte er. *Es ist ja vielleicht gefährlich, aber ich fühle mich so lebendig dabei.*

Als er sein Haus erreichte, wartete einer der Männer auf ihn, die er ausgeschickt hatte, um seine Waren zu verkaufen. Er reichte Pidder ein fettes Portmonee und einen Notizblock mit der Liste der Verkäufe, der Kunden und der Preise.

„Die Leute sind verrückt nach den Ornamenten", sagte der Verkäufer. Sein Gesicht strahlte vor Freude. „Sie müssen so schnell wie möglich mehr machen."

Pidder wünschte, er könnte so glücklich sein wie dieser Mann. Aber sogar die Sehnsucht danach dauerte kaum mehr als den Bruchteil einer Sekunde.

„Ich kümmere mich darum." Er zog sein eigenes Portmonee hervor und reichte dem Mann eine Silbermünze. „Gehn Sie nach Hause und erholen Sie sich, bis wir neue Ware haben."

Der Mann tanzte davon.

Pidder spürte das Gewicht der Geldbörse, die er hielt. Sie war überraschend schwer. Vielleicht enthielt sie mehr als Kupfermünzen. Er ging in die gute Stube seines Hauses und leerte sie auf dem Tisch aus. Ein kleiner Berg aus Silber und Goldmünzen funkelte im Licht der Sonne, das durch die Glasfenster fiel. Er keuchte. *Meins! Das ist alles meins.* Sein Herz begann zu rasen. *So viel Geld.* Er hatte in seinem ganzen Leben noch nie so viel geprägtes Geld auf einem Haufen gesehen. *Ezechiel wird vor Eifersucht kochen, wenn ich es ihm zeige.* Seine Hände zitterten, als er sich zum Zählen der glänzenden Münzen hinsetzte. Dabei fiel ihm ein, dass Ezechiel einen Anteil fordern könnte, wenn er wusste, wie viel Geld Pidder mit seinen Ornamenten gemacht hatte. Schnellstens ließ er das Geld bis auf ein paar Silbermünzen in die Geldbörse zurück gleiten und sah sich nach einem guten Versteck um. Letztendlich legte er sie in die Holzkiste in der Ecke des Zimmers. *Ich muss mir dafür ein Schloss besorgen, sonst könnte es jemand stehlen.* Als er die schweißnassen Handflächen an seiner Hose abwischte, merkte er, dass er immer noch aufgeregt und glücklich war. Also konnte er etwas fühlen, ohne sich körperlicher Gefahr auszusetzen. *Ich muss mehr verdienen, viel mehr.* Er steckte die Silbermünzen in den Beutel an seinem Gürtel und verließ eilig das Haus.

In der Glashütte trat der Aufseher mit bleichem Gesicht an ihn heran.

„Johan ist geschmolzenes Glas auf den Fuß getropft und hat ihn furchtbar verbrannt", sagte er. „Ich musste ihn nach Hause schicken. Der Doktor sagte, dass er für mindestens einen Monat nicht arbeiten kann."

Pidder zuckte mit den Schultern. Alles, was die die Taubheit in Schach hielten, war das Wissen, dass er Geld für das bekommen würde, was seine Männer produzierten. „Teile seine Stunden unter den anderen Arbeitern auf. Wir müssen schnell weitere Ornamente machen."

„Aber, Pidder! Sie arbeiten schon in Doppelschichten."

„Wenn sie nicht so arbeiten können, wie ich es will, finden sie sicherlich woanders Arbeit." Pidder eilte zu seinem Büro. „Bringen Sie sie dazu, härter zu arbeiten. Ich gestalte neuen Glasschmuck."

„Was ist mit Johan?" Der Aufseher drückte sein Klemmbrett gegen seine Brust.

„Was soll mit ihm sein?" Pidder drehte sich an der Tür um.

„Sie müssen den Doktor bezahlen. Und da er aufgrund eines Arbeitsunfalls für einen Monat nicht arbeiten kann, braucht er eine Ausgleichszahlung."

Pidder runzelte die Stirn. „Habe *ich* das Glas auf seinen Fuß tropfen lassen? Schicken Sie die Männer an die Arbeit und hören Sie auf, mich mit Belanglosem zu belästigen."

◉ ◉ ◉

In den nächsten Tagen kehrten Pidders Hausierer einer nach dem anderen zurück. Sie brachten alle bis zum Rand gefüllte Geldbeutel und Bestellungen für weitere Ornamente mit. Pidder stellte zwei weitere Glasbläser ein und machte Überstunden, um neue Designs für die zerbrechlichen Dekorationen zu gestalten. Bald waren seine Hausierer wieder auf dem Weg. Jede Nacht überprüfte er den Inhalt seiner Holzkiste zweimal. Er hatte ein stabiles Schloss gekauft und trug den Schlüssel um den Hals. Er hatte kaum noch Zeit für seine Frau, und wenn er sie sah, tadelte er sie wegen ihrer Verschwendung. Nach einer Woche Schweigen setzte sich seine Mutter neben ihn. Das Abendessen hatte aus dünner Kartoffelsuppe bestanden.

„Merkst du gar nicht, wie unglücklich Lisbeth ist? Sie arbeitet so hart sie kann im Garten, damit wir genug zu essen haben. Dabei gibt es dafür gar keinen Grund." Sie legte ihre Hand auf den Arm ihres Sohns. „Als ich einmal nicht schlafen konnte, habe ich gesehen, wie du nachts dein Geld zählst. Du hättest genug, um dem ganzen Dorf ein komfortables Leben zu spendieren. Warum machst du ihr das Leben nicht leichter, indem du das, was wir brauchen, für sie kaufst? Deine Frau muss nicht so früh alt werden wie ich."

Pidders Herz verkrampfte. *Sie hat mich gesehen! Und sie will, dass ich mein hart erkämpftes Geld verschenke. Auf keinen Fall!* Er räusperte sich.

„Wenn dir das Dorfes so wichtig ist, kannst du auf ihre Kosten leben. Du bist in meinem Haus nicht länger willkommen."

Er ignorierte das blasse, schockierte Gesicht seiner Mutter, schob den Stuhl zurück und verließ das Haus. Draußen traf er Lisbeth, die gerade mit einer Tüte Mehl vom einzigen Laden des Dorfes zurückkehrte.

„Der Händler sagt, du musst bald einmal deine Rechnung bezahlen, oder er wird mich nicht mehr anschreiben lassen." Sie lächelte, was die Ringe unter ihren Augen noch dunkler aussehen ließ.

Pidder runzelte die Stirn.

„Dann hör auf, in seinem Laden einzukaufen."

Lisbeths Augen weiteten sich.

„Aber wir brauchen Mehl und Fleisch und vieles mehr. Wir haben keinen Bauernhof, wo wir solche Dinge selbst herstellen können. Und ich bin ganz alleine. Wie soll ich da zurechtkommen?"

„*Spare in der Zeit, dann hast* du in der Not", sagte er.

Tränen schossen ihr in die Augen.

„Du wirst immer mehr wie mein Vater." Sie lief an ihm vorbei und schlug die Tür hinter sich zu. Diese Nacht schlief er in der guten Stube, und es berührte ihn nicht. Es regten sich auch keine Gefühle, als seine Mutter ihre wenigen Habseligkeiten packte, und in ihre klapprige Hütte am Waldrand zurückkehrte.

„Hast du das gesehen?" Elfin starrte Mikael an. „Er schickt seine Mutter in die Armut zurück und streitet sich mit seiner Frau. Etwas läuft da völlig falsch."

Mikael wurde blass und sagte: „Wir müssen diesen Versuch abbrechen, bevor etwas noch Schlimmeres passiert." Er stand auf und ging zur Tür.

„Warte. Wenn du so auftauchst, erkennt Pidder dich sofort." Elfin schwenkte seinen Zauberstab, und Mikael veränderte sich. Er schrumpfte, wurde stämmiger, und setzte einen wohlgerundeten Bauch an. Sein Bart und seine Kleidung wandelten sich in die eines umherziehenden Predigers. Er streckte die Hände zur Seite aus und sah an sich hinunter, dann warf er Elfin einen wütenden Blick zu.

„Ein Prediger? In echt?"

„Das erschien mir weniger auffällig als noch ein Kaufmann."

„Also gut. Ich werde um ein Nachtlager bitten, und nachsehen, was ich tun kann, um meine Maschinen zu entfernen." Mikael verließ ihre Höhle und folgte dem Wildwechsel, der ihn den Hang hinunter dichter ans Dorf bringen würde.

„Wenn du meine Hilfe brauchst, ruf mich." Elfins Stimme klang so deutlich in seinem Kopf, als wäre er mitgekommen.

◐ ◐ ◐

Einer von Pidders Verkäufern kehrte zu früh zurück. Er konnte den Weg in die Stadt und zurück nicht geschafft haben. Außerdem fehlte sein Korb. Hatte er unterwegs jemanden getroffen, dem er die Ornamente verkauft hatte? Der Mann humpelte die Dorfstraße entlang und stützte sich auf eine Krücke. Mit gesenktem Kopf näherte er sich der Glashütte. Es sah nicht so aus, als hätte er Erfolg gehabt. Pidder, der auf dem Weg zum Mittagessen war, kreuzte die Arme vor der Brust.

„Warum bist du so früh zurück?", fragte er.

Der Mann konnte sich trotz seiner Krücke kaum auf den Beinen halten.

„Der Regen gestern machte den Weg rutschig. Bevor ich mich unterstellen konnte, verlor ich den Halt und fiel hin."

„Und was ist mit meinen Waren?" Pidders Stimme klang so unbeteiligt wie er sich fühlte.

„Als ich über der Schlucht baumelte, musste ich den Korb fallen lassen, sonst hätte ich nie wieder hinaufsteigen können."

„Du hast meine Waren verloren?" Plötzlich wurde Pidder klar, dass der Verlust seiner Waren bedeutete, dass er kein Geld dafür bekommen würde. Sein Blut kochte.

„Entweder die Waren oder mein Leben." Die Stimme des Mannes klang flehend.

„Was kümmert mich dein Leben? Der Verlust kostet mich ein Vermögen. Ich fordere Ersatz." Pidders Augen glänzten, und in seinen Venen brannte Feuer. *Was für ein fantastisches Gefühl.* Er würde sich dem Mann gegenüber, der es ausgelöst hatte, großzügig zeigen und ihn und seine Familie nicht ruinieren.

„Du bezahlst den Wert der Waren in zehn Raten einschließlich der Kosten für den Korb."

Er trat an dem Mann vorbei, der ihn mit großen Augen und offenem Mund wortlos anstarrte. *Er hätte mir ruhig für meine Großzügigkeit danken können,* dachte Pidder. Resigniert spürte er die Taubheit zurückkehren. Nun ja, wenigstens hatte er für einen Moment etwas gefühlt. Jedes noch so kleine Gefühl war besser als gar nichts.

Als er die Küche seines Hauses betrat, saß ein Fremder an seinem Tisch. Es war ein Prediger ohne Schuhe und mit zerlumpter Kleidung. Trotzdem hatte er einen Schmerbauch. Und er aß sein Mittagessen. Lisbeth stand gerade neben ihm und füllte seinen Teller wieder auf.

Die Welt verschwamm. Das Feuer, das er zuvor gefühlt hatte, kehrte zurück und überflutete seinen Körper. Es tobte in seinem Verstand. Wie konnte es Lisbeth wagen, einem Fremden ihre hart erarbeitete Nahrung zu geben? Mit einem unterdrückten Schrei, riss er den Schnürhaken von seinem Ständer neben dem Herd und schlug ihn auf Lisbeths Kopf. Er hörte ihren Schädel knacken. Lisbeth sackte in sich zusammen. Der Fremde sprang auf und brüllte Pidder an. Aber Pidders Welt war zu einem winzigen Punkt zusammengeschmolzen. Er hörte nichts und sah nur noch den leblosen Körper seiner Frau auf dem Boden liegen. Blut sammelte sich um ihren Kopf, ihre Haube saß schief, und ihre Frisur hatte sich aufgelöst. Sie sah aus wie ein Engel mit einem blutigen Heiligenschein.

Ich habe sie getötet. Der Gedanke quälte seine Seele und schien ihn auseinanderzureißen. Die fremdartige Taubheit kämpfte erfolglos gegen diese Woge aus Trauer und Schuld. Schluchzend sank er auf die Knie, ein Schrei in seiner Kehle. Seine Augen brannten, aber keine einzige Träne fiel. *Ich bin ein Mörder.* Sein Blickfeld verengte sich noch stärker. Er konnte seine Augen nicht von der klaffenden Wunde an Lisbeths Kopf lösen. Knochensplitter klebten im gerinnenden Blut. Er würgte. Dann verlor er das Bewusstsein.

◊ ◊ ◊

Als er wieder zu sich kam, war Lisbeth verschwunden. Nur die Pfütze aus getrocknetem Blut erinnerte daran, wo sie gelegen hatte. Es kümmerte ihn nicht länger. Er fühlte sich ruhig und gelassen. Es war sogar gut, dass er den Körper nicht würde entfernen müssen. Niemand würde etwas von dem Zwischenfall erfahren. Natürlich musste er verschwinden lassen, was an Beweisen übrig war. Er holte einen Eimer mit Wasser und ein Wischtuch und reinigte den Boden so gut er konnte. Während er die Dielen schrubbte, fragte er sich, warum es neuerdings so schwer war, etwas zu fühlen. Konnte sein Herz aus Stein daran Schuld sein? Als er das ganze Blut weggespült und das Tuch zum Trocknen gehängt hatte, setzte er sich in die gute Stube und zählte sein Geld. Aber dieses Mal, erfüllten ihn die klirrenden Münzen nicht mit der erwarteten Zufriedenheit. Er wollte Lisbeth zurück. Er versuchte, sich an die Weichheit ihrer Haut zu erinnern, oder an ihre Lippen auf seinen, aber seine Erinnerungen schienen sonderbar farblos. Er hatte sie erschlagen. Jetzt musste er lernen, mit dieser Last zu leben. Er zuckte mit den Schultern und ging zu Bett.

☙ ☙ ☙

„Leg sie hierher." Elfin zeigte auf den breiten Steintisch in der Höhle, die Mikael als Laboratorium hergerichtet hatte. „Atmet sie noch?"

„Kaum. Kannst du sie für eine Weile am Leben halten?" Mikael legte Lisbeth nieder.

„Ich arbeite mit Wundern, oder nicht?" Elfins Stimme klang nicht sehr überzeugend.

Eilig kramte Mikael in seinen Werkzeugen. Er hatte nicht so viel über Medizin gelernt wie ein Arzt, aber genug, um zu wissen, dass Lisbeths Überlebenschancen gering waren. Er fand die Pinzette, die sterilen Nadeln und den Faden. Er würde tun, was er konnte, aber es gab keine Garantie. Mit fliegenden Fingern entfernte er die Knochensplitter aus Lisbeths Wunde, während Elfin die leuchtende Spitze seines Zauberstabs gegen ihre Schläfe drückte. Die junge Frau atmete flach, hörte aber nicht auf. Mikael spülte die Wunde sorgfältig mit Alkohol und stellte erleichtert fest, dass keiner der Splitter ins Gehirn gedrungen war. Es drückte nur ein rechteckiges Stück Knochen darauf. Vorsichtig zog er das Stück Knochen in die Höhe. Er hatte Soldaten eine solche Wunde überleben sehen. Einige von ihnen hatten sich sogar ihre Menschlichkeit bewahren können.

Wie konnte es nur dazu kommen? Eine riesige Hand zerquetschte Mikaels Herz, während er ein kleines Stück Metall zurecht schnitt und bog, bis es groß genug war, um das Loch in Lisbeths Schädel zu bedecken. Wenn sie nicht überlebte, wenn sie sich nicht vollständig erholte, wäre es sein Fehler! Warum hatte er sich an Pidders Gefühlen zu schaffen gemacht? Er badete die Platte und seine kleinsten Schrauben gründlich in Alkohol. Dann schraubte er die Metallplatte am Schädelknochen fest. Nachdem er die Wunde noch einmal gespült hatte, zog er die Haut darüber und nähte sie mit seiner sterilen Nadel und dem Faden zusammen. Das war alles, was er tun konnte. Jetzt war es an Elfin, ein Wunder zu wirken.

◐ ◐ ◐

Die Wochen gingen vorbei, und Pidder versuchte, das Verschwinden seiner Frau zu vertuschen. Er erzählte Ezechiel, dass er Lisbeth in einen Kurort geschickt habe, und war leicht überrascht, dass ihm sein Schwiegervater glaubte. Nach einigen Tagen, die er bei der Arbeit an seinem Tisch gesessen hatte, ohne eine einzige Idee für ein neues Design, blieb er daheim. Er verließ das Haus nicht mehr, kochte ungenießbare Mahlzeiten, wenn ihn Hungerkrämpfe dazu zwangen, und zählte sein Geld. Solange seine Finger das kühle Metall nicht berührten, erweichte kein Gefühl sein steinernes Herz. Doch wenn er die Münzen zählte, wurde ihm das Herz schwer und Tränen rollten über seine Wangen. Solange er seinen Reichtum in den Händen hielt, war ihm klar, dass er mehr fühlen sollte als diese Mischung aus Taubheit und Traurigkeit. Solange er Kontakt mit dem Metall hielt, das ihm vorher so viel Freude gemacht hatte, erinnerte er sich an Lisbeths Gesicht und, in äußerst wertvollen Momenten, an ihr liebevolles Lächeln.

Die Alpträume begannen drei Wochen, nach dem, was er den Vorfall nannte. Er träumte, dass er mitten in der Nacht aufwachte, weil Lisbeth durch sein Schlafzimmer trieb. Sie trug nur ein weißes Hemd, und ihr Kopf war mit Verbänden umwickelt. Sie sah ihn niemals an, und wenn er versuchte, sie in die Arme zu nehmen, war sie so unhaltbar wie die Luft um ihn herum. Morgens fand er sich auf dem Boden seines Schlafzimmers wieder, wo er vor Kälte zitterte. *So ein Ärgernis,* dachte er. Nach einem Frühstück aus kaltem, wässerigem Haferbrei zog er sich an und grub seine Hände wieder in sein Geld. Da wurde ihm klar, dass seine Alpträume eine Form von Strafe waren, die ihm das, was von seinem Gewissen übrig war, schickte. *Ich sollte vor Verzweiflung vergehen,* dachte er. *Ich sollte vor Ezechiel auf die Knien fallen und ihn um Verzeihung anflehen. Dieses Herz aus Stein tötet mich ebenso, wie es Lisbeth getötet hat. Wäre ich nur nie mit diesem Handel einverstanden gewesen.* Er zuckte mit den Schultern, spürte aber eine einzelne Träne an den Wimpern seines rechten Auges hängen. *Ich muss die Wahrheit sagen, und die Strafe ertragen, gleich wie sie aussieht.* Mit schleppenden Bewegungen legte er das Geld weg und verschloss den Kasten. Als er die gute Stube verließ, öffnete sich gerade die Tür zum Garten, und seine Mutter betrat die Küche von der Seite. Sie trug einen Korb mit einem kleinen Laib frisch gebackenem, dunklem Brot. Sie lächelte ihren Sohn an.

„Ich dachte, du könntest etwas Vertrautes brauchen, um dich aufzuheitern, solange Lisbeth weg ist", sagte sie.

Pidder versuchte ein Lächeln, aber es fühlte sich auf seinem Gesicht falsch an. Sein Herz war nicht dabei. Wie konnte es auch, wo es doch aus Stein war. Offensichtlich spürte seine Mutter, dass etwas nicht stimmte, denn sie stellte ihren Korb ab, zog ihren Sohn auf die Bank neben dem großen Küchentisch und nahm seine Hände.

„Du siehst aus, als hättest du einen Geist gesehen", sagte sie. „So kenne ich dich gar nicht. Gibt es irgendetwas, das ich für dich tun kann?"

Pidder beschloss, ihr die Wahrheit zu sagen. Er würde sowieso bei irgendjemandem beginnen müssen.

„Ich habe so viel Geld verdient und mich daran erfreut, aber jedes Mal, wenn ich es berühre, merke ich, dass es nicht so wichtig ist wie Lisbeth."

„Ich wusste, dass du das früher oder später einsehen würdest." Seine Mutter strahlte. Ihre Erleichterung zeigte sich in diesem Lächeln. „Du musst es Lisbeth sagen, sobald sie zurückkommt."

„Sie kommt nicht zurück." Pidder bemerkte, wie tonlos und unbeteiligt seine Stimme klang, aber das interessierte ihn nicht. Nichts war wichtig, solange ihn der Stein in seinem Brustkasten dazu zwang, seine Gefühle zu vergessen.

„Sie kommt nicht zurück?" Seine Mutter setzte sich auf und runzelte die Stirn. „So ein Unsinn. Du musst ihr nur nachlaufen und ihr sagen, dass du dich geändert hast."

„Aber genau das ist das Problem. Ich habe mich nicht geändert. Ich habe immer noch diesen Stein in meiner Brust." Pidder stand auf. „Flachland Michel tat ihn dort hinein im Tausch für das Geld, mit dem ich die Glashütte gekauft habe. Er hält mich davon ab, überhaupt irgendetwas zu fühlen. Ich habe sogar Lisbeth umge…"

Lisbeth trat durch die Wand zwischen der guten Stube und der Küche. Dieses Mal sah sie ihn an. Ihr Mund formte das Wort: „Mörder."

Pidder sah seine Mutter blass werden. Als sie bewusstlos von der Bank rutschte, konnte er sie kaum auffangen, bevor sie sich den Kopf an den Möbeln oder dem Boden schlug. Er hielt sie in seinen Armen und betrachtete seine geisterhafte Ehefrau.

„Du weißt, dass ich keine Reue fühle", sagte er. „Ich will es ja. Ich möchte mich so verzweifelt fühlen, dass ich mich in die nächstbeste Schlucht stürze. Aber es geht nicht. Der Stein in meiner Brust verhindert das. Mein Verstand besteht darauf, dass ich trauern sollte, Lisbeth. Deshalb habe ich beschlossen, mich meiner Strafe zu stellen. Aber es ändert nichts daran, dass ich nichts fühle." Er senkte den Kopf und seufzte. „Glaube mir, ich würde mein Leben geben, um mein altes Herz zurückzubekommen, und wäre es nur für einen Moment. Ich will den Schmerz spüren, den ich verursacht habe, und den Kummer und die Schuld, die mich quälen sollten."

Wie eine leichte Feder berührte ein Lufthauch seine Wange. Er sah auf. Lisbeth weinte. Sehnsucht stand in ihren Augen. Als sie sicher war, dass sie seine Aufmerksamkeit auf sich gezogen hatte, zeigte sie auf den Berg. Er hob den Kopf. Was meinte sie damit? Natürlich, die Schlucht!

„Du willst, dass ich zur Strafe in die Schlucht springe?" Seine Worte klangen mehr wie eine Feststellung denn wie eine Frage.

Lisbeth runzelte die Stirn und schüttelte den Kopf. Sie verblasste. Schnell zeichnete sie mit beiden Händen ein Bild in die Luft. Kurz bevor sie völlig verschwand, erkannte Pidder, dass sie eine Fichte gezeichnet hatte. Er schlug sich gegen die Stirn. „Das Glasmännchen. Natürlich! Ich habe ja noch einen Wunsch frei."

◔ ◔ ◔

Elfin gähnte und streckte sich.

„Mann, das ist so ermüdend. Wenn er nicht auftaucht, müssen wir vielleicht einen anderen Weg finden, um das Durcheinander zu richten, das wir verursacht haben."

„Ich werde niemanden töten, falls das dein Plan ist", sagte Mikael.

Wie typisch für ihn, mich misszuverstehen. Elfin lächelte. „Ich meinte eher so etwas, wie eine Gehirnwäsche."

„Vertraust du deinen eigenen Zaubersprüchen nicht mehr?" Mikael stellte eine Schüssel mit dampfenden Kartoffeln auf den Tisch und setzte sich. „Der Geist, den du gezaubert hast, war brillant."

„Aber wir wissen nicht, ob Pidder uns verstanden hat." Elfin setzte sich zum Essen und sprach mit vollem Mund. „Wenn er heute nicht auftaucht, musst du ihn zwingen. Meine Magie wird nicht ausreichen, wo du so viel Technik in ihn hineingestopft hast."

„Hast du je versucht, beides zu verbinden?" Mikael klang neugierig.

Typisch, dachte Elfin. *Immer ist er auf der Suche nach einem neuen, interessanten Projekt.*

„Nein, habe ich nicht. Und ich denke auch nicht, dass es eine gute Idee ist. Ich habe gesehen, wie es ein paar Leute versucht haben, und sie sind alle gescheitert."

„Ich hörte, der Königinmutter von Bergia sei es gelungen, ein Gerät zu bauen, das Magie und Technik verbindet." Mikael füllte seinen Teller. „Also scheint es möglich zu sein."

Für Elfin stießen sich Magie und Technik gegenseitig ab, so wie die beiden Seiten eines Magneten. Aber es gab eine Menge Dinge, die man mit einem Magneten machen konnte, also warum sollte man es nicht einmal mit Magie und Technik versuchen? Er dachte darüber nach. „Man müsste äußerst vorsichtig sein. Vielleicht könnte man die Magie so um die Technik herumwinden, dass sie sich nicht berühren …" Seine Stimme verklang.

Bevor Mikael etwas dazu sagen konnte, rief die Stimme von Elfins Türklingel-Zauberspruch: „Ein Besucher, der das richtige Gedicht vorträgt. Ein Besucher, der das richtige Gedicht vorträgt."

„Danke", sagte Elfin, was den Zauberspruch davon abhielt, die Nachricht endlos zu wiederholen. Er grinste. „Es scheint, Pidder hat den Weg zurück zum Glasmännchen doch gefunden. Lass uns sehen, was wir tun können, um alles wieder ins Lot zu bringen." Er stand auf, stopfte sich schnell noch ein Stück Kartoffel in den Mund und verwandelte sich in die langbärtige zwergenhafte Form des Glasmännchens bevor er verschwand.

Elfin spürte, wie sich sein Körper ins Unendliche dehnte. Sein Kopf pochte, während er durch die magische Dimension reiste. Normalerweise vermied er, auf diese Weise zu reisen, aber es war wichtig, den Schein zu wahren. Er wollte nicht, dass Pidder ihn für unfähig hielt. *Obwohl ich genau das in diesem Fall war*, dachte er. *Und Mikael auch.* Er materialisierte auf einer großen Wurzel der größten Fichte des Waldes, gleich unter Pidders Nase.

„Was kann ich dieses Mal für dich tun?" Er versuchte, barsch zu klingen, zog seine Pfeife aus seiner Tasche und zündete sie an. „Ich habe nicht den ganzen Tag Zeit."

„Bitte gibt mir mein Herz zurück." Im Schmutz kniend, senkte Pidder den Kopf. „Es war ein Fehler, es gegen einen Stein zu tauschen. Ich weiß, dass mein Leben jetzt furchtbar ist, kann es aber wegen des Steins nicht fühlen."

„Wenn du es zurückbekommst, musst du damit leben, was du Lisbeth angetan hast." Elfin wollte sehen, wie der Junge darauf reagieren würde.

„Ich habe Unrecht getan und muss mit den Konsequenzen leben." Pidder sah auf. „Aber eine Strafe ist wirkungslos, wenn sie mir egal ist. Ich muss wieder etwas fühlen, selbst wenn das bedeutet, dass ich Qualen erleiden werde."

Elfin kratzte sich am Kopf.

„Es ist leider kein Wunsch, den ich gewähren kann", sagte er mit einem Seufzer.

„Das hatte ich schon befürchtet." Pidder stand auf und klopfte die Erde von seinen Knien. Er sprach, ohne Elfin anzusehen, und sein Tonfall war flach und gefühllos. „Da du nichts für mich tun kannst, kannst du wenigstens Lisbeth das Leben wiedergeben?"

„Keine Magie der Welt kann die Toten zurückbringen." Es so zu formulieren war keine Lüge. Da war sich Elfin sicher.

„Danke für deine Aufrichtigkeit." Pidder nickte, als hätte er diese Antwort erwartet. Er verbeugte sich und drehte sich um, um zu gehen. „Lebewohl."

„Was hast du vor?" Elfin befürchtete, sein Plan könne schiefgehen. Er hatte keine Lust, den Jungen bewusstlos zu schlagen und ihn dann zu Mikaels Höhle schweben zu lassen. Es würde ihn zu viel Kraft kosten, die er später wahrscheinlich brauchen würde.

„Ich werde mich meiner Strafe stellen. Es wird mich nicht erlösen, aber es ist richtig, es zu tun."

Nun ja, wenigstens er hat er was gelernt, dachte Elfin.

„Du solltest mit Flachland Michel über dein Herz reden. Schließlich hast du es ihm verkauft."

Pidder schoss schneller herum als Elfin erwartet hatte, und in seiner Stimme klang ein Gefühl mit.

„Glaubst du, er würde es zurücktauschen?"

„Du müsstest ihn hereinlegen." Elfin grinste, obwohl er sich nicht danach fühlte. Es würde ihm erst besser gehen, wenn alles wieder in Ordnung war. Was war nur über ihn gekommen, so eine Wette wie diese vorzuschlagen? Jeder wusste, dass sowohl Magie als auch Technik ihren Nutzen hatten. Zu entscheiden, was besser war, war, als wolle man festlegen, ob Birnen oder Pflaumen besser wären. Das sah jeder anders. „Flachland Michel ist stolz auf die Arbeit, die er macht. Wenn du also so tust, als sei etwas schiefgegangen, kannst du ihn wahrscheinlich dazu bringen, das zu tun, was du willst."

„Das ist ein guter Rat. Danke, Glasmännchen. Ich werde dich nicht wieder aufsuchen." Pidder verbeugte sich und ging. Elfin sah ihm nach, bis er ihn nicht mehr sehen konnte. Dann leerte er seine Pfeife und kehrte auf dieselbe Art zu Mikael zurück, auf die er gekommen war. Zeit war wichtig, deshalb würde er sich mit der unbequemen Reise abfinden müssen.

Mikael sah von der Kristallkugel auf, die Elfin laufen gelassen hatte, seit sie mit dem Versuch begonnen hatten. Es war ein energiearmer Zauber, der sich von der Energie aufrecht erhielt, die er um sich herum fand.

„Warum hast du ihn nicht gleich hierher gebracht?" Mikael stand auf und streckte sich.

„Erstens ist er zu groß, um ihn auf dem Weg mitzunehmen, den ich benutzt habe", sagte Elfin. „Und zweitens sind all deine Werkzeuge in deiner Arbeitshöhle. Warum sollte ich Energie verschwenden, ihn dorthin zu bringen, wenn er bereit ist, die Strecke zu laufen?"

„In dem Fall sollten wir uns beeilen, damit wir vor ihm da sind." Mikael schnappte sich seinen Werkzeuggürtel. Bevor er die Höhle verließ, verkleidete er sich erneut als Flachland Michel. Dann erneuerte Elfin den Schutzzauber, der Lisbeth umgab. Sie sah so friedlich aus, aber die Wunde in ihrem Schädel heilte viel zu langsam. Auch ging ihr Geist wieder und wieder auf Wanderschaft. Es war schwierig, ihn nahe genug am Körper zu halten, dass sie nicht starb. Andererseits hatte er Elfin geholfen, einen glaubhaften Geist zu zaubern. Für einen Moment fragte er sich, ob Pidder auch gekommen wäre, wenn er den Geist nicht geschickt hätte. Dann schüttelte er den Kopf. Pidder *war* gekommen. Es war nicht wichtig, warum. Elfin eilte Mikael nach.

Sein Freund hatte überall in der Höhle zahlreiche Kerzen angezündet.

„Du kannst den Tisch reinigen", sagte er, als er Elfin sah. „Er muss so sauber sein, wie du ihn nur machen kannst."

Elfin verwendete seinen Zauberstab und entfernte allen Schmutz und das gesamte organische Leben aus dem Steinschiefer. „Noch etwas?"

„Schon fertig?"

„Dafür ist Magie prima, nicht wahr? All die kleinen Aufgaben des Alltags verbrauchen so wenig Energie, dass ich es kaum bemerke." Elfin hüpfte auf einen Hocker und betrachtete die große Werkbank, auf die Mikael seine Werkzeuge legte.

„Wenn das so ist, kannst du meine Werkzeuge auch desinfizieren." Mikael trat zur Seite.

„Desinfizieren?"

„Sie so sauber machen, dass sie Pidder nicht infizieren können, wenn ich sie benutze." Mikaels Grinsen war leicht schief.

„Das ist kein Problem." Wieder benutzte Elfin seinen Zauberstab. „Wie werden wir Pidder helfen?"

Bevor Mikael antworten konnte, ließ ein Geräusch im Eingang der Höhle Elfin aufschrecken. Er sprang vom Hocker und versteckte sich unter dem Tisch. Pidder trat ein und verbeugte sich vor Mikael.

„Guter Tag, mein Herr."

Mikael tat so, als wäre er überrascht, als er sich umdrehte.

„Na, wenn das nicht Pidder Munk ist. Was kann ich für dich tun, mein Sohn?"

„Du hast mit dem Herz, das du mir gegeben hast, einen Fehler gemacht." Der junge Mann setzte sich auf den Hocker, auf dem Elfin gerade noch gestanden hatte.

Das kannst du laut sagen, dachte die männliche Fee. *Wir haben beide große Fehler mit deinem Herzen gemacht.*

„Meine Arbeit ist so perfekt, wie es nur geht." Mikael spielte seine Rolle gut. „Was ist mit dem Herzen denn nicht in Ordnung?"

„Ich kann immer noch etwas fühlen." Pidders Stimme klang so, als würde er Elfins Freund wütend ansehen. „In Extremsituationen, zum Beispiel wenn ich dem Tod ins Auge sehe, durchflutet ein Hochgefühl meine Venen. Auch, wenn ich Geld berühre, schlägt mein Herz schneller. Ich bin mir sicher, dass das nicht das ist, was ich fühlen sollte, wenn man bedenkt, dass das Herz angeblich aus Stein ist."

„Das ist tatsächlich ein seltsames Verhalten für ein Steinherz." Mikael berührte Pidders Brustkasten mit dem Zeigefinger seiner linken Hand und tat so, als würde er lauschen. „Das muss ich mir genauer ansehen, um sagen zu können, was schief gegangen ist."

Pidder lachte, aber es klang erzwungen.

„Ich bin mir sicher, dass du mir mein echtes Herz nie genommen hast."

Touché, dachte Elfin. *Aber wenn er dein Herz wirklich gegen einen Stein getauscht hätte, wärst du tot gewesen, bevor du aufgewacht wärst. Mikael ist zwar ein Genie, wenn es um Mechanik geht, aber er hat keinen Tropfen Magie im Blut.*

„Das liegst du falsch." Elfin staunte, wie gut Mikael seine Rolle spielte. Seine tiefe Stimme klang sogar wütend. „Ich habe es herausgenommen."

„Ich bin mir absolut sicher, dass es noch drin ist. Schließlich kann ich immer noch fühlen." Pidders Beine und Füße zitterten, aber nur Elfin sah sie. „Du kannst mich nur überzeugen, wenn ich mich mit meinem alten Herzen in der Brust anders fühle."

„Dazu kommen wir gleich." Mikael trat so dicht heran, dass Elfin seine Finger wegziehen musste. „Du wirst sehen, dass du mit deinem alten Herzen viel mehr fühlen wirst. Wenn du aufwachst, wirst du mich anflehen, dir den Stein zurückzugeben. Siehst du, ich weiß nämlich, was du getan hast, Pidder."

„Ich fühle so schon Dinge, die ich nicht fühlen will. Also solltest du mir besser beweisen, dass dies nicht mein Herz ist."

Mikael führte Pidder zur dem steinernen Tisch.

„Wenn du dich hier hinlegen würdest, kann ich einen Blick darauf werfen."

Elfin fand, dass es Zeit war, Pidder zu betäuben. Nach einer Drehung seines Zauberstabs sank der junge Mann in sich zusammen. Mikael fing ihn auf, bevor er auf den Boden schlug.

„Ich dachte, du würdest nie eingreifen", murrte er. Vorsichtig legte er Pidder auf den Tisch und begann, ihn auszuziehen. „Ich bin mir sicher, dass ich den Filter in der Nähe seines Herzen mit deiner Hilfe entfernen kann. Aber der in der Nähe seines Gehirns macht mir Sorgen. Er filtert die meisten überschüssigen Emotionen. Wahrscheinlich reicht es nicht, den Filter am Herzen herauszunehmen."

„Lass uns einen Schritt nach dem anderen machen." Elfin stieg auf den Tisch. „Gehe ich recht in der Annahme, dass wir den Brustkasten öffnen müssen?"

„Es würde mir Vieles erleichtern, wenn ich direkt an das Gerät kommen könnte. Das Werkzeug, das ich benutzt habe, um den Filter einzusetzen, müsste komplett umgebaut werden, wenn ich es zum Herausnehmen verwenden will. Außerdem könnte es zu Blutungen kommen, und dann wäre es am besten, wenn du die Wunden sofort schließen könntest. Schaffst du das?"

Elfin nickte. Es würde anstrengend werden, den Körper für einige Zeit offen zu halten, aber er wusste, dass er es schaffen würde, solange nichts Unerwartetes geschah.

„Er könnte mit einer Narbe aufwachen", sagte er.

„Kann man nicht ändern." Mikael hob ein sehr scharfes Skalpell auf. „Lass uns anfangen."

Einige Minuten später war Elfin kurz davor zu kotzen. Das Innere eines Menschen war nicht annähernd so ordentlich wie das Äußere. Und das ganze Blut … Er schluckte wieder und wieder und versuchte, Mikaels rotfleckige Hände zu ignorieren, die an dem Gerät herumfummelten. Stattdessen konzentrierte er sich darauf, dass Pidder weiter atmete. Es ging nicht an, ihn sterben zu lassen, wenn sie gerade versuchten, ihn vor ihrer Torheit zu retten. Doch der menschliche Körper verbrauchte seine Magie rasend schnell. Schweißperlen wuchsen auf seiner Stirn, und sein Kittel war verschwitzt. Er atmete beinahe so angestrengt wie ihr Patient.

„Ich habe es fast", sagte Mikael. „Die Halteklammern sind schon eingezogen. Nur noch einen Moment."

Er zog ein glänzendes Objekt heraus, das wie eine Spinne aus Metall aussah, und ließ es auf den Boden fallen. „Ich nähe ihn zu. Halt durch, Elfin."

Die gute Fee sah die Sorge in Mikaels Augen, konnte aber nicht antworten. Er war zu sehr damit beschäftigt, Pidders Blut davon abzuhalten, aus seinem Körper zu fließen, sein Herz und seine Lungen weiterarbeiten zu lassen, und dafür zu sorgen, dass er nicht aufwachte. Sein Sichtfeld wurde kleiner.

„Beeil dich." Er flüsterte. Einen Momente später hörte er die ersehnten Worte.

„Ich bin fertig." Mikael trat zurück und wischte das Blut von seinen Händen. „Zeit für eine Pause."

Elfin stupste Pidders natürlich Abwehrkräfte an, um die Selbstheilung zu beschleunigen. Es würde eine Weile dauern, und er würde viel Magie brauchen, damit er schnell heilte, aber wenigstens musste er dieses Mal nicht gegen die Natur arbeiten. Er würde Zeit haben, sich zu erholen. Mit einem Seufzer brach er zusammen.

Als er zu sich kam, lag er auf Mikaels Schoß wie ein kleines Kind. Sein Freund wirkte erschrocken und besorgt.

„Fühlst du dich besser?"

Elfin nickte und setzte sich auf. Sein Magen murrte. Die Magie hatte einen großen Teil seiner Energie verbraucht. „Haben wir etwas zu essen?"

Mikael setzte Elfin auf einen gepolsterten Stuhl, und eilte davon. Einige Minuten später kehrte er mit süßem Tee, einem Stück Kuchen und einem Apfel zurück. Während Elfin aß, überlegten sie wie sie den Filter aus Pidders Gehirn entfernen könnten.

„Wir können den Schädel nicht öffnen", sagte Elfin. „Das würde noch mehr Magie kosten, und ich fürchte, dass ich es nicht einmal für wenige Minuten aushalten könnte."

„Ich glaube sowieso nicht, dass ich den Filter entfernen kann", sagte Mikael. „Es ist mit dem Ort verbunden, an dem die meisten Emotionen entstehen, und das ist tief im Gehirn. Wenn ich es versuche, sei es durchs Öffnen seines Kopfs oder mit meinem Schlauchwerkzeug, zerstöre ich Teile seines Hirngewebes. Ich glaube nicht, dass das gut wäre."

„Bedeutet das, wir müssen das Gerät in seinem Kopf lassen?" Elfin leerte seine Tasse.

„Ich fürchte schon."

„Aber heißt das nicht, dass er weiter ohne Gefühle leben muss?" Elfin wischte sich den Mund ab. „Ich dachte, du hättest gesagt, dass der Filter am Gehirn die meiste Arbeit machen würde, und dass der am Herzen nur zur Unterstützung da war, falls das erste Gerät nicht alles schafft."

Mikael starrte auf seine Hände, ohne zu antworten.

„Gibt es einen Weg, wie man wenigstens den Filter aus dem Gerät heraus bekommt?" Elfin kämpfte, um das letzte bisschen Hoffnung. Solange sie noch denken konnten, würden sie einen Weg finden, Pidder zu helfen.

Mikael zuckte. „Das Gerät enthält drei Filter. Wenn sie kleiner wären, würden sie wahrscheinlich bei einer plötzlichen Gefühlswallung herausgespült. Aber sie schrumpfen nicht von allein."

„Ich kann versuchen, sie zu verkleinern." Hoffnungsvoll sprang Elfin auf seine Füße. Schwindel zwang ihn dazu, sich wieder zu setzen.

„Ich dachte, du kannst keine technischen Geräte beeinflussen." Mikael sah ihn an, und sein Gesicht spiegelte Elfins Hoffnung.

„Das kann ich auch nicht. Aber ich kann Einzelteile verändern, wenn ich genau weiß, wohin ich meine Magie lenken muss, und welche Bereiche ich mit ihr meiden sollte." Elfin lehnte sich in dem Stuhl zurück. „Seit Kurzem denke ich viel darüber nach. Meiner Meinung nach sollte es möglich sein, Magie und Technik zu kombinieren, solange die beiden Kräfte getrennt gehalten werden. Ich kann leicht einen Tisch oder einen Pferdewagen beeinflussen. Also sollte ich auch in der Lage sein, einen Hebel oder ein paar Zahnräder mit meinen Kräften zu manipulieren. Magie ist eine zarte Kraft, die gut ausbalanciert werden muss. Ich denke, die Probleme zwischen Technik und Magie haben ihre Ursache in magischen Interferenzen, wenn die Kraft auf ein zu komplexes Gebilde stößt."

Mikael schwieg und schien die Idee zu überdenken. Nach einer Weile beugte er sich zu der winzigen Maschine hinunter, die er von Pidders Herz entfernt hatte, und hob sie auf. Es klebte noch etwas Blut daran. „Willst du sagen, dass du die Filter im verbliebenen Gerät wahrscheinlich verkleinern könntest, wenn ich dir genau erkläre, wie dieses hier funktioniert?"

„Das hoffe ich."

Die zwei Freunde starrten einander lange an. Schließlich seufzte Mikael.

„Dann lass uns dies Ding auseinandernehmen, während du dich erholst."

◔ ◔ ◔

Als Pidder aufwachte, wusste er nicht, wie viel Zeit vergangen war. Flachland Michel saß auf einem Stuhl neben dem steinernen Tisch und schnarchte sanft. Er wirkte nicht mehr gefährlich. Trotzdem hielt Pidder es für besser, zu gehen, bevor er aufwachte. Als er sich aufsetzte, schmerzte seine Brust. Er öffnete sein Hemd. Eine große Narbe lief von seiner Kehle über seine Brust. *Woa!* Pidder wurde klar, dass seine Brust geöffnet worden sein musste. Angst ließ sein Herz kurz erzittern und verschwand wieder. *Ich fühle! Nicht so viel wie ich fühlen möchte, aber ich fühle etwas.* Leise rutschte Pidder vom Tisch. Seine Beine gaben unter ihm nach, und es dauerte eine Weile, bis er stehen konnte. Er hielt sich am Tisch fest und begann zu gehen. Bald musste er seinen Halt loslassen. Zitternd erreichte er die Wand und fand dort neuen Halt. *Wieso bin ich so schwach? Mir scheint es war anstrengender, mein Herz zurückzubekommen, als es fortzugeben.* Mit zitternden Beinen folgte er dem Tunnel aus der Höhle. Als er Tageslicht erreichte, seufzte er vor Entleichterung. Die Sonne ging eben hinter dem Horizont auf, und er fragte sich, wie lange er wohl bewusstlos gewesen sein mochte. Als er einen Schritt auf den Wald zu machte, protestierten seine Beine. Sie brauchten Ruhe. Pidder beschloss, sich an einem Ort zu verstecken, wo ihn Flachland Michel nicht finden würde und wo er für eine Weile schlafen konnte. *Mutter wird auf mich warten.* Der Gedanke tauchte unerwartet in seinem Kopf auf. *Sie macht sich sicher Sorgen.*

Schmerz raste durch seine Brust und durch den Kopf, und er krümmte sich, fiel auf die Knie. Die Welt um ihn herum verschwamm. *Mutter … Lisbeth … oh Gott, was habe ich getan?* Pidder krallte seine Finger in sein Hemd über der Brust während Welle um Welle aus Trauer, Schuld und Angst über ihn hinweg spülte. *Wie kann ich mich je wieder blicken lassen, nach dem, was ich Lisbeth angetan habe? Wenn ich nur wüsste, wo ihr Körper ist, dann könnte ich wenigstens für eine Beerdigung sorgen. Hoffentlich hängen sie mich für diesen Mord. Oh, meine arme, alte Mutter. Es wird ihr das Herz brechen.* Tränen flossen aus Pidders Augen, liefen über sein Gesicht und durchnässten sein Hemd. Für einen kurzen Moment wünschte er, sein Herz wäre immer noch aus Stein. Doch dann war er für seine Gefühle dankbar. Es war besser so. Und sobald ihn seine Beine wieder tragen konnten, würde er zu Ezechiel gehen und ihm erzählen, was mit seiner Tochter geschehen war. Der Rest läge nicht mehr in seinen Händen. Er würde die Folgen seiner Tat tragen, solange er sich an Lisbeths Liebe erinnern konnte. Er kämpfte sich auf die Beine und machte sich auf den langen, anstrengenden Weg nach Hause.

Mikael stand am Höhlenausgang und sah der gebeugten Figur nach.

„Es scheint funktioniert zu haben", sagte er zu Elfin. Er fühlte sich, als wäre ihm ein schwerer Stein vom Herzen gefallen.

Die gute Fee stand auf einem Stein neben ihm und sah Pidder ebenfalls nach.

„Glaubst du, ich sollte ihm den Geist noch einmal schicken, sozusagen zur Sicherheit?"

„Lass ihn uns erst eine Weile beobachten." Mikael ging den Berg hinauf in Richtung ihrer Wohnhöhle. „Das gibt uns Zeit, zu entscheiden, was wir tun müssen."

„Ich wünschte, es wäre schon vorbei. Ich bin es wirklich leid." Elfin schwebte neben ihm.

„Das wird uns lehren, uns nie wieder in das Leben anderer einzumischen." Mikael lächelte seinen Freund an.

„Das wird uns lehren, nie wieder zu wetten." Elfin grinste. „Und jetzt brauche ich etwas zu Essen. Kochst du?"

Als Pidder in seinem Haus ankam, ging die Sonne unter. Seine Mutter wartete vor dem Haus auf ihn. Sie wirkte durchgefroren und traurig, aber als sie ihn sah, lief sie auf ihn zu und umarmte ihn.

„Wo warst du nur so lange? Ich war krank vor Sorge." Sie küsste sein Gesicht. „Ich habe zwei Tage auf dich gewartet und das Schlimmste befürchtet."

Wortlos umarmte Pidder sie. Wieder liefen ihm Tränen aus den Augen. Er war so müde, dass er kaum noch stehen konnte. Sein Bett rief nach ihm. Aber zuerst musste er mit Ezechiel reden. Das war etwas, das nicht warten konnte. Wenn sein Schwiegervater entschied, dass er die Nacht im Gefängnis verbringen sollte, würde er es tun.

„Lisbeth … ", flüsterte er.

„Was ist mit ihr?" Seine Mutter half ihm in die Küche. „Ezechiel hat eben heute einen Brief von ihr bekommen. Sie genießt ihren Aufenthalt in der Hauptstadt trotz ihres Heimwehs und schickt allen liebe Grüße."

Lisbeth hatte einen Brief geschrieben? Aber das war unmöglich. Er hatte sie ermordet, da war er sich absolut sicher. Wie konnte eine tote Person einen Brief schreiben? Vielleicht war es dieser Prediger. Bestimmt hatte er ihren Körper mitgenommen. Aber welches Spiel trieb er und warum? Wenn er Pidder erpressen wollte, fing er es äußerst merkwürdig an.

„Komm herein. Sieh zu, dass du etwas Heißes zu dir nimmst, und dann gehst du am besten zu Bett." Seine Mutter zog ihn zum Küchentisch und drückte ihn auf einen Stuhl, bevor sie sich dem Feuer im Herd zuwandte.

Pidder glaubte einen kleinen Flecken getrocknetes Blut auf dem Boden zwischen dem Tisch und dem Herd zu sehen, aber dann wurde ihm klar, dass das unwahrscheinlich war. Er hatte den Boden gründlich geschrubbt. Sein Herz verkrampfte, und er weinte, bis er keine Tränen mehr hatte. Was sollte er ohne Lisbeth tun? Es wäre am besten, wenn das Gericht ihn zum Tode verurteilte.

„Ich habe Lisbeth ermordet", flüsterte er.

„Unsinn." Seine Mutter stellte einen Teller und einen Becher dampfenden Kaffee vor ihn und setzte sich. „Sie hat einen Brief geschrieben, weißt du nicht mehr?"

„Der kann nicht von ihr sein. Sie ist tot." Pidder sah seine Mutter an. Sie sah noch ausgezehrter aus, als früher. „Und ich habe dich auch schlecht behandelt. Wo ich nun endlich wohlhabend bin, solltest du nicht länger in unser alten Hütte wohnen. Wirst du bei mir bleiben, bis sie mich holen kommen?"

„Natürlich bleibe ich bei dir, wenn du mich willst." Seine Mutter lächelte. „Ich bin froh, dass du wieder der Junge bist, den ich erzogen habe."

„Ich bin trotzdem ein Mörder." Pidders Augen brannten, aber er konnte nicht mehr weinen.

„Warum sagst du das immer? Was ist mit dir passiert?"

„Es fing alles damit an, dass ich das Glasmännchen aufsuchte." Pidder erzählte ihr alles – sogar die Dinge, die er eigentlich nicht mitteilen wollte – über Lisbeths Mord und das Verschwinden ihres Körpers. Er zeigte ihr sogar seine Narbe. „Als ich aufwachte, hatte ich mein altes Herz zurück. Zuerst fühlte es nur wenig, aber es wird mit jeder Minute stärker," sagte er und beendete damit seine Geschichte. „Ich bin froh, dass ich wieder Reue und Schuld empfinden kann, weil das bedeutet, dass ich mich auch an meine Liebe zu Lisbeth und an die guten Zeiten erinnern kann, die wir hatten. Ich brauche das, wenn ich im Gefängnis bin."

Für eine Weile schwieg seine Mutter. Ein Ruck ging durch Pidder als ihre Stimme erklang.

„Vielleicht hat der Prediger Lisbeth in ein Krankenhaus gebracht, und sie schrieb den Brief, weil sie überlebt hat."

Eine Welle der Hoffnung füllte sein Herz und wischte seine Müdigkeit fort. Wenn das wahr wäre … aber es konnte nicht sein. Er hatte die Wunde gesehen … und das Blut. Niemand konnte mit einer so schweren Verletzung den Transport in die Hauptstadt überleben, der drei Tage dauerte. Es war unmöglich. Aber was wäre, wenn? Was wäre, wenn der Prediger ein Hexer oder Zauberer gewesen war, der sie schneller dorthin hatte bringen können? Hoffnung füllte sein Herz bis er glaubte, es würde platzen.

„Bevor du mit Ezechiel oder den Behörden redest, lass uns gleich nach dem Wochenende zur Hauptstadt wandern und sehen, ob wir sie finden können", schlug seine Mutter vor.

„Das machen wir." Mit neuem Schwung stand er auf. „Aber erst einmal habe ich einige Dinge zu erledigen." Er lief in seine gute Stube und öffnete den Holzkasten mit seinem Schatz. Erleichtert stellte er fest, dass ihm die Münzen nichts mehr bedeuteten. Sie waren sicher nützlich, um zu leben, aber sie hatten nicht länger Macht über sein Herz. Er stopfte seine Taschen mit Silbermünzen voll. Als er sich umdrehte, sah er das bleiche Gesicht seiner Mutter und ihren weit offenen Mund. Eilig half er ihr zu einem Stuhl.

„Pidder! Ich wusste ja gar nicht, wie reich du bist." Ihre Worte waren kaum mehr als ein Flüstern.

„Das Geld ist ein falscher Ertrag. Ich werde es künftig besser machen, falls ich die Gelegenheit dazu bekomme." Er gab ihr den Schlüssel. „Wenn ich für meine Verbrechen sühnen muss, will ich, dass du das Geld verwendest, um das Leben im Dorf für alle besser zu machen. Vielleicht reicht es sogar, um eine Schule zu bauen."

„Oh, Pidder." Seine Mutter drückte den Schlüssel gegen ihre knochige Brust. Ihre Augen füllten sich mit Tränen. „Ich hoffe so sehr, dass Lisbeth noch lebt."

„Ich auch – obwohl sie mir niemals verzeihen wird." Er lächelte. Es fühlte sich seltsam an, denn sein Herz wankte auf einem Grat zwischen Verzweiflung und Hoffnung. Aber er konnte sich davon nicht ablenken lassen. Er hatte viel zu tun, musste seine Schulden bezahlen. „Ich muss jetzt in die Fabrik. Kommst du zurecht?"

Sie nickte, also ging er.

„Ich denke, dass die Operation erfolgreich war", sagte Elfin. „Er hat ein Mädchen vom Armenhaus eingestellt, um seiner Mutter zu helfen, und er bezahlt ihr doppelt so viel wie üblich plus freie Kost und Logis."

„Das ist ein Anfang." Mikael rührte die Suppe um. „Was sonst?"

„Er hat dem Mann, der seine Waren verloren hatte, gesagt, dass er doch nicht für die Waren zahlen muss. Er hat die Bezahlung für die Köhler verbessert und die Kosten für den Unfall des verbrannten Glasbläsers übernommen. Außerdem hat er die Bezahlung der Glasbläser vom Akkord in einen Stundenlohn geändert. Und das alles in so kurzer Zeit." Elfin sah zur Küche. „Das ist ein fantastischer Anfang, finde ich."

„Er vergeudet sein Geld schon wieder."

„Dadurch hilft er anderen, sich selbst zu helfen. Das ist ziemlich schlau." Elfin funkelte Mikael wütend an.

„Das Abendessen ist fertig." Mit einem Grinsen nahm Mikael den Topf mit der Suppe und trug ihn zum Tisch. „Wann meinst du, wird es Zeit, ihm unsere Überraschung zu zeigen?"

„Das kannst du nicht entscheiden." Lisbeth hob den Blick von der Kristallkugel. „Ich will erst sehen, ob er wirklich wieder der Mann ist, in den ich mich verliebt habe."

„Du musst darauf achten, dass er keinen Schock bekommt." Mikael füllte eine Schüssel für sie. „Ich bin wirklich froh, dass wir das meiste Chaos, das wir verursacht haben, wieder in Ordnung gebracht haben."

„Habt ihr wenigstens gelernt, dass man sich nicht ins Leben eines Menschen einmischt?" Lisbeth stand auf und ging zu ihrem Platz am Tisch.

„Es ist meine Aufgabe, mich in die Leben der Menschen einzumischen." Elfin hielt Mikael seine Schüssel entgegen. „Danke, das ist genug." Er drehte sich zu ihr um. „Aber ich verspreche, dass ich es nie wieder ohne das Wissen der betroffenen Person tue."

„Ich denke, dass ich ihm einen Brief schreiben werde, und ihn dann noch für eine Woche beobachte." Lisbeth setzte sich zum Essen.

Mikael starrte in die Suppe in seiner Schüssel. „Wisst ihr was? Am Ende hat keiner von uns gewonnen. Sowohl Magie als auch Technik haben Probleme verursacht, die nicht nötig gewesen waren. Vielleicht geht es im Leben ja nur darum, die sowieso anfallenden Probleme zu lösen."

„Könnte sein, dass du recht hast." Elfin lächelte seinen Freund an. „Aber hast du bemerkt, dass nur die Verbindung deiner Technik mit meiner Magie Lisbeth das Leben gerettet und Pidder wieder mehr oder weniger normal hat werden lassen?"

„Also endet eure Wette mit einem Patt." Lisbeths Gelächter füllte die Höhle.

BONUS-GESCHICHTE: DER DICKE, FETTE PFANNEKUCHEN

angelehnt an „Vom dicken fetten Pfannekuchen", C & T Colshorn

„Paul sieh mal! Ein Pfannkuchen mit Füßen läuft die Straße runter. Und ich dachte schon, ich hätte alles gesehen. Schalt die Kamera ein. Das wird der heutige Life-Bericht."

„Einen Augenblick. Ich muss die Dampfmaschine aufheizen und ein neues Aufnahmeband einlegen."

„Beeil dich, du Idiot, oder er ist weg. Mach zuerst eine Großaufnahme. Dann schneiden wir zu den Frauen, die ihn jagen, und ich stelle ein paar Fragen.

Fertig? Drei, zwei, eins – wir sind life.

Willkommen zu KCNP-TVs – So ist das Leben!

Ich bin euer Reporter vor Ort, Peter Dandelion. Heute sind wir in Little Upperton, der Heimat des berühmten gestiefelten Katers, und erneut ist es Zentrum seltsamer Ereignisse.

Zeig es uns bitte, Paul – Danke.

Bei uns befinden sich jetzt die drei wunderbaren Damen, die den lebenden Pfannkuchen erschaffen haben. Können Sie uns erklären, wie das Wunder geschehen ist?"

„Nun, Ethel hat die Eier geschlagen und dabei mit dem Teig geredet."

„Was Ruth sagen wollte ist, dass wir hungrig waren, wo doch Mitwinter vor der Tür steht und …"

„Hören Sie nicht auf Annie und Ruth. Ich habe nur ein Mitwinterlied gesungen, während ich den Teig vorbereitet habe. Und als Ruth ihn in unsere größte Pfanne gegossen hat, sind ihm Beine gewachsen. Er hat sich sogar selbst umgedreht. Als er von beiden Seiten hübsch braun war, ist er aus der Pfanne gesprungen und davon gerannt."

„Was glauben sie warum er nicht geblieben ist, um gegessen zu werden?"

„Woher sollen wir das wissen?"

„Vielen Dank, meine Damen. Wir werden nun versuchen, unseren Helden, den Pfannkuchen, einzuholen. Schalten Sie wieder ein, wenn Peter Dandelion ruft – cut und aus.

„Er ist den Hügel hinab gerannt, auf den Wald zu. Beeil dich doch, Paul. Da. Er ist … gerade … an dem Hasen … vorbei gerannt … und an der Ziege … Lass uns … sehen, ob wir … das Pferd … zum Sprechen kriegen.

Mann, ist der Pfannkuchen schnell.

„Dies ist Peter Dandelion … life aus Little … Upperton. Dem berühmten laufenden Pfannkuchen ist es gelungen, einem hungrigen Hasen, einer gierigen Ziege und einem starken Hengst zu entkommen. Bitte, mein Herr, auf ein Wort."

„Wiehahas woholt ihhir?"

„Warum haben sie den Pfannkuchen nicht gegessen?"

„Chchchchrrr. Versuchchcht habe ich es cha, aber es chist wegchelaufen."

„Danke sehr, mein Herr. Wir werden nun weiterhin versuchen, den Pfannkuchen einzuholen. Schalten Sie wieder ein, wenn Peter Dandelion ruft – cut und aus.

Mann, bin ich aus der Puste. Lange kann ich nicht mehr. Was sagst du, Paul?"

„Lass ihn uns überholen."

„Hey, das ist eine gute Idee. Wo ist er denn gerade?"

„Er ist am Schweinestall vorbei gerast und …"

„Ich sehe ihn. Er kehrt um. Vielleicht hat er Angst vor dem Wolf am Waldrand. Lass ihn uns hier abfangen. Du sorgst für ein gutes Bild, und ich werde ihn anspringen und festhalten.

Drei, zwei, eins, Action … Hier ist Peter Dandelion. Ich werde nun versuchen, den Pfannkuchen anzuspringen, um ein Interview zu bekommen.

Boah! Bitte, Herr Pfannkuchen, bleiben Sie doch einen Moment stehen. Ich bin Peter Dandelion, und ich würde Ihnen gerne ein paar Fragen stellen.

„Fragen? Sie tragen einen Ofen durch die Gegend, und ich bin bereits perfekt gebräunt."

„Das ist kein Ofen, das ist eine dampfbetriebene Kamera.Der Mann hinter der Kamera ist Paul Butterblum. Bitte, mein Herr, bleiben Sie stehen. Ich falle sonst herunter und verletze mich."

„Also gut. Aber sobald ich denke, dass sie mich essen wollen, bin ich weg."

„Warum sind sie so erpicht darauf, nicht gegessen zu werden?"

„Ich bin perfekt. Mir steht der perfekte Esser zu."

„Und wie müsste ein perfekter Esser für Sie aussehen?"

„Es muss jemand sein, der mich zu schätzen weiß; jemand, der sich für den Rest seines Lebens an mich erinnern wird; jemand, der meine Perfektheit versteht."

„Also suchen Sie einen Gourmet?"

„Meine Güte, dieser Duft … ich halte es nicht länger aus."

„Paul! Nein!"

„Ich kriegt mich nicht …"

„Jetzt guck dir an, was du getan hast, Paul! Schnell. Wir müssen wenigstens herausfinden, ob er seinen perfekten Esser findet. Dies ist Peter Dandelion.

Wo ist er hin?"

„Zurück ins Dorf. Tut mir leid, Peter."

„Kein Problem. Lass uns sehen, ob wir ihn noch einholen können. Läuft die Kamera noch?"

„Ja."

„Gut. Also weiter im Text.

Dies ist Peter Dandelion und ich verfolge nach wie vor den entlaufenen Pfannkuchen. Er nähert sich wieder dem Dorf, allerdings wesentlich langsamer als zuvor. Paul und ich holen auf. Da. Er hat angehalten. Vielleicht ein weiteres Zusammentreffen mit einem hungrigen Magen. Ich frage mich, wer es diesmal sein wird."

„Das sind Kinder, Peter. Drei, wenn ich mich nicht irre."

„Du hast recht, Paul. Und sie stehen direkt vor dem örtlichen Waisenhaus. Sie haben vermutlich in ihrem ganzen leben noch keine Delikatesse wie diesen Pfannkuchen gesehen. Ihre Blicke wirken traurig und sie sind mager mit verschrammten Knien und zerrissenen Kleidern.

Aber was ist das? Das kleine Mädchen hat den Pfannkuchen berührt. Lasst uns lauschen …"

„… bist du?"

„Ich bin der perfekte Pfannkuchen."

„Du riechst sehr gut. So etwas habe ich noch nie gerochen. Habt ihr? Tom, Justin?"

„Für diejenigen, die nichts erkennen können, die beiden jüngeren Jungen schütteln die Köpfe."

„Wo läufst du hin?"

„Ich suche den perfekten Esser."

„Wenn du ihn siehst, kannst du ihn fragen, ob er ein wenig zu essen für uns übrig hat? Wir hatten heute früh nur eine Scheibe Brot für uns alle drei."

„Warum das?"

„Niemand zahlt etwas für Waisen, und wir sind noch nicht alt genug, um unseren Teil mit Arbeit zu verdienen."

„Habt ihr je einen Pfannkuchen gegessen?"

„Wir essen niemanden, der herumläuft und spricht."

„Versprecht ihr mir, dass ihr euch für den Rest eures Lebens an mich erinnern werdet, wenn ich euch erlauben würde, mich zu essen?"

„Wie gesagt, wie essen nichts, was lebt."

„Aber ich lebe nicht. Ich bin nur magisch. Wenn die Magie aufgebraucht ist, was ziemlich bald der Fall sein wird, bin ich nichts weiter als ein dicker, fetter Pfannkuchen. Und ich schmecke fantastisch."

„Du willst, das wir dich essen?"

„Ja, bit… bit… bi… bit…te."

„Er fällt. Das Mädchen fängt ihn, aber es sieht so aus, als sei seine Magie so gut wie aufgebraucht."

„Ich … würde mich … freuen, … wenn ihr … euch … für immer … an mich … erinnern … könntet, … wenn ihr … mich … gegessen habt."

„Das werden wir. Versprochen."

„Dank…"

„Das war's. Die Magie ist alle. Worauf warten die Kinder noch?

Ah! Sie wollten offensichtlich sicher gehen, dass er wirklich nicht mehr lebt. Jetzt essen sie, und man kann sehen, wie sehr sie es genießen. Ich bin mir ganz sicher, dass sie ihren allererersten Pfannkuchen niemals im Leben vergessen werden.

Das war Peter Dandelion für KNAPP-TVs – So ist das Leben! Schalten sie auch nächste Woche wieder ein – cut und aus.

Puh. Das war eine ganz schöne Jagd. Weißt du was, Paul? Nächste Woche untersuchen wir ein paar Waisenhäuser. Es ist eine Schande, dass elternlose Kinder nicht besser behandelt werden. Lach nicht. Und jetzt lass uns mal sehen, ob die Kinder zwei hungrigen Reportern ein Stück Pfannkuchen verkaufen."Immerhin sind Kinder die Zukunft unseres Landes, nicht wahr? Eines von ihnen könnte der nächste Metallzauberer sein!"

„Großartige Idee, Peter. Aber sprich es lieber mit dem Producer ab."

„Mach ich. Und jetzt lass uns mal sehen, ob die Kinder zwei hungrigen Reportern ein Stück Pfannkuchen verkaufen."

DAS ORIGINAL: DAS KALTE HERZ
von Wilhelm Hauff

Wer durch Schwaben reist, der sollte nie vergessen, auch ein wenig in den Schwarzwald hineinzuschauen; nicht der Bäume wegen, obgleich man nicht überall solch unermeßliche Menge herrlich aufgeschlossener Tannen findet, sondern wegen der Leute, die sich von den andern Menschen ringsumher merkwürdig unterscheiden. Sie sind größer als gewöhnliche Menschen, breitschultrig, von starken Gliedern, und es ist, als ob der stärkende Duft, der morgens durch die Tannen strömt, ihnen von Jugend auf einen freieren Atem, ein klareres Auge und einen festeren, wenn auch rauheren Mut als den Bewohnern der Stromtäler und Ebenen gegeben hätte. Und nicht nur durch Haltung und Wuchs, auch durch ihre Sitten und Trachten sondern sie sich von den Leuten, die außerhalb des Waldes wohnen, streng ab. Am schönsten kleiden sich die Bewohner des badenschen Schwarzwaldes; die Männer lassen den Bart wachsen, wie er von Natur dem Mann ums Kinn gegeben ist, ihre schwarzen Wämser, ihre ungeheuren, enggefalteten Pluderhosen, ihre roten Strümpfe und die spitzen Hüte, von einer weiten Scheibe umgeben, verleihen ihnen etwas Fremdartiges, aber etwas Ernstes, Ehrwürdiges. Dort beschäftigen sich die Leute gewöhnlich mit Glasmachen; auch verfertigen sie Uhren und tragen sie in der halben Welt umher.

Auf der andern Seite des Waldes wohnt ein Teil desselben Stammes, aber ihre Arbeiten haben ihnen andere Sitten und Gewohnheiten gegeben als den Glasmachern. Sie handeln mit ihrem Wald; sie fällen und behauen ihre Tannen, flößen sie durch die Nagold in den Neckar und von dem oberen Neckar den Rhein hinab, bis weit hinein nach Holland. Und am Meer kennt man die Schwarzwälder und ihre langen Flöße; sie halten an jeder Stadt, die am Strom liegt, an und erwarten stolz, ob man ihnen Balken und Bretter abkaufen werde; ihre stärksten und längsten Balken aber verhandeln sie um schweres Geld an die Mynheers, welche Schiffe daraus bauen. Diese Menschen nun sind ein rauhes, wanderndes Leben gewöhnt. Ihre Freude ist, auf ihrem Holz die Ströme hinabzufahren, ihr Leid, am Ufer wieder heraufzuwandeln. Darum ist auch ihr Prachtanzug so verschieden von dem der Glasmänner im andern Teil des Schwarzwaldes. Sie tragen Wämser von dunkler Leinwand, einen handbreiten grünen Hosenträger über die breite Brust, Beinkleider von schwarzem Leder, aus deren Tasche ein Zollstab von Messing wie ein Ehrenzeichen hervorschaut; ihr Stolz und ihre Freude aber sind ihre Stiefeln, die größten wahrscheinlich, welche auf irgend einem Teil der Erde Mode sind; denn sie können zwei Spannen weit über das Knie hinaufgezogen werden, und die „Flözer" können damit in drei Schuh tiefem Wasser umherwandeln, ohne sich die Füße naß zu machen.

Noch vor kurzer Zeit glaubten die Bewohner dieses Waldes an Waldgeister, und erst in neuerer Zeit hat man ihnen diesen törichten Aberglauben benehmen können. Sonderbar ist es aber, dass auch die Waldgeister, die der Sage nach im Schwarzwalde hausen, in diese verschiedenen Trachten sich geteilt haben. So hat man versichert, dass das Glasmännlein, ein gutes Geistchen von dreieinhalb Fuß Höhe, sich nie anders zeige als in einem spitzen Hütlein mit großem Rand, mit Wams und Pluderhöschen und roten Strümpfchen. Der Holländer Michel aber, der auf der andern Seite des Waldes umgeht, soll ein riesengroßer, breitschultriger Kerl in der Kleidung der Flözer sein, und mehrere, die ihn gesehen haben, wollen versichern, dass sie die Kälber nicht aus ihrem Beutel bezahlen möchten, deren Felle man zu seinen Stiefeln brauchen würde. „So groß, dass ein gewöhnlicher Mann bis an den Hals hineinstehen könnte", sagten sie, und wollten nichts übertrieben haben.

Mit diesen Waldgeistern soll einmal ein junger Schwarzwälder eine sonderbare Geschichte gehabt haben, die ich erzählen will. Es lebte nämlich im Schwarzwald eine Witwe, Frau Barbara Munkin; ihr Gatte war Kohlenbrenner gewesen, und nach seinem Tod hielt sie ihren sechzehnjährigen Knaben nach und nach zu demselben Geschäft an.

Der junge Peter Munk, ein schlauer Bursche, ließ es sich gefallen, weil er es bei seinem Vater auch nicht anders gesehen hatte, die ganze Woche über am rauchenden Meiler zu sitzen oder, schwarz und berußt und den Leuten ein Abscheu, hinab in die Städte zu fahren und seine Kohlen zu verkaufen. Aber ein Köhler hat viel Zeit zum Nachdenken über sich und andere, und wenn Peter Munk an seinem Meiler saß, stimmten die dunklen Bäume umher und die tiefe Waldesstille sein Herz zu Tränen und unbewußter Sehnsucht. Es betrübte ihn etwas, es ärgerte ihn etwas, er wußte nur nicht recht, was. Endlich merkte er, was ihn ärgerte, und das war – sein Stand.

„Ein schwarzer, einsamer Kohlenbrenner!", sagte er sich, „es ist ein elend Leben. Wie angesehen sind die Glasmänner, die Uhrenmacher, selbst die Musikanten am Sonntag abends! Und wenn Peter Munk, rein gewaschen und geputzt, in des Vaters Ehrenwams mit silbernen Knöpfen und mit nagelneuen roten Strümpfen erscheint, und wenn dann einer hinter mir hergeht und denkt, ,wer ist wohl der schlanke Bursche?' und lobt bei sich die Strümpfe und meinen stattlichen Gang – sieh, wenn er vorübergeht und schaut sich um, sagt er gewiß: ‚Ach es ist nur der Kohlenmunk-Michel.‘"

Auch die Flözer auf der andern Seite waren ein Gegenstand seines Neides. Wenn diese Waldriesen herüberkamen, mit stattlichen Kleidern, und an Knöpfen, Schnallen und Ketten einen halben Zentner Silber auf dem Leib trugen, wenn sie mit ausgespreizten Beinen und vornehmen Gesichtern dem Tanz zuschauten, holländisch fluchten und wie die vornehmsten Mynheers aus ellenlangen kölnischen Pfeifen rauchten, da stellte er sich als das vollendetste Bild eines glücklichen Menschen solch einen Flözer vor. Und wenn diese Glücklichen dann erst in die Taschen fuhren, ganze Hände voll großer Taler herauslangten und um Sechsbätzner würfelten, fünf Gulden hin, zehn her, so wollten ihm die Sinne vergehen, und er schlich trübselig nach seiner Hütte. An manchem Feiertag Abend hatte er den einen oder den andern dieser „Holzherren" mehr verspielen sehen, als der arme Vater Munk in einem Jahr verdiente. Es waren vorzüglich drei dieser Männer, von welchen er nicht wußte, welchen er am meisten bewundern sollte. Der eine war ein dicker, großer Mann mit rotem Gesicht und galt als reichster Mann der Runde. Man hieß ihn den dicken Ezechiel. Er reiste alle Jahre zweimal mit Bauholz nach Amsterdam und hatte das Glück, es immer um so viel teurer als andere zu verkaufen, dass er, wenn die übrigen zu Fuß heimgingen, stattlich herauffahren konnte. Der andere war der längste und magerste Mensch im ganzen Wald, man nannte ihn den langen Schlurker, und diesen beneidete Munk wegen seiner ausnehmenden Kühnheit. Er widersprach den angesehensten Leuten, brauchte, wenn man noch so gedrängt im Wirtshaus saß, mehr Platz als vier der Dicksten, denn er stützte entweder beide Ellbogen auf den Tisch oder zog eines seiner langen Beine zu sich auf die Bank, und doch wagte ihm keiner zu widersprechen, denn er hat unmenschlich viel Geld. Der dritte aber war ein schöner, junger Mann, der am besten tanzte weit und breit und daher den Beinamen Tanzbodenkönig trug. Er war ein armer Mensch gewesen und hatte bei einem Holzherren als Knecht gedient. Da wurde er auf einmal steinreich. Die einen sagten, er habe unter einer alten Tanne einen Topf voll Geld gefunden, die andern behaupteten, er habe unweit Bingen im Rhein mit der Stechstange, womit die Flözer zuweilen nach den Fischen stechen, einen Pack mit Goldstücken heraufgefischt, und der Pack gehöre zu dem großen Nibelungen-Hort, der dort versenkt liegt. Kurz, er war auf einmal reich geworden und wurde von jung und alt angesehen wie ein Prinz.

An diese drei Männer dachte Kohlenmunk-Peter oft, wenn er einsam im Tannenwald saß, auch wenn alle drei einen Hauptfehler hatten, der sie bei den Leuten verhaßt machte. Es war dies ihr unmenschlicher Geiz, ihre Gefühllosigkeit gegen Schuldner und Arme, denn die Schwarzwälder sind ein gutmütiges Völklein. Aber man weiß, wie es mit solchen Dingen geht. Waren sie auch wegen ihres Geizes verhaßt, so standen sie doch wegen ihres Geldes in Ansehen; denn wer konnte Taler wegwerfen wie sie, als ob man das Geld von den Tannen schüttelte?

„So geht es nicht mehr weiter", sagte Peter eines Tages schmerzlich betrübt zu sich, denn tags zuvor war Feiertag gewesen und alles Volk in der Schenke. „Wenn ich nicht bald auf den grünen Zweig komme, so tu' ich mir etwas zuleid. Wär' ich doch nur so angesehen und reich wie der dicke Ezechiel, oder so kühn und so gewaltig wie der lange Schlurker, oder so berühmt und könnte den Musikanten Taler statt Kreuzer zuwerfen wie der Tanzbodenkönig! Wo nur der Bursche das Geld her hat?" Allerlei Mittel ging er durch, wie man sich Geld erwerben könne, aber keines wollte ihm gefallen; endlich fielen ihm auch die Sagen von Leuten ein, die vor alten Zeiten durch den Holländer-Michel und durch das Glasmännlein reich geworden waren.

Solang' sein Vater noch lebte, kamen oft andere arme Leute zum Besuch, und da wurde lang und breit von reichen Menschen gesprochen, und darüber, wie sie reich geworden. Da spielte nun oft das Glasmännlein eine Rolle. Ja, wenn er recht nachsann, konnte er sich beinahe noch des Versleins erinnern, das man am Tannenbühl in der Mitte des Waldes sprechen mußte, wenn es erscheinen sollte. Es fing an:

„Schatzhauser im grünen Tannenwald,
Bist schon viel' hundert Jahre alt,
Dir gehört all Land, wo Tannen stehn–"

Aber er mochte sein Gedächtnis anstrengen, wie er wollte, weiter konnte er sich keines Verses mehr entsinnen. Er dachte oft, ob er nicht diesen oder jenen alten Mann fragen sollte, wie das Sprüchlein heiße. Aber immer hielt ihn eine gewisse Scheu, seine Gedanken zu verraten, ab, auch schloß er, es müsse die Sage vom Glasmännlein nicht sehr bekannt sein, und den Spruch müssen nur wenige wissen, denn es gab nicht viele reiche Leute im Wald – denn warum hatten nicht sein Vater und die andern armen Leute ihr Glück versucht?

Er brachte endlich einmal seine Mutter auf das Männlein zu sprechen, und diese erzählte ihm, was er schon wußte, kannte auch nur noch die erste Zeile von dem Spruch und sagte ihm endlich, nur Leuten, die an einem Sonntag zwischen elf und zwei Uhr geboren seien, zeige sich das Geistchen. Er selbst würde wohl dazu passen, wenn er nur das Sprüchlein wüßte, denn er sei Sonntag mittags zwölf Uhr geboren.

Als dies der Kohlenmunk-Peter hörte, war er vor Freude und vor Begierde, dies Abenteuer zu unternehmen, beinahe außer sich. Es schien ihm hinlänglich, einen Teil des Sprüchleins zu wissen und am Sonntag geboren zu sein. Das Glasmännlein musste sich ihm zeigen.

Als er daher eines Tages seine Kohlen verkauft hatte, zündete er keinen neuen Meiler an, sondern zog seines Vaters Staatswams und neue rote Strümpfe an, setzte den Sonntagshut auf, faßte seinen fünf Fuß hohen Schwarzdornstock in die Hand und nahm von der Mutter Abschied.

„Ich muss aufs Amt in die Stadt, denn wir werden bald spielen müssen, wer Soldat wird, und da will ich dem Amtmann nur noch einmal einschärfen, dass Ihr Witwe seid und ich Euer einziger Sohn." Die Mutter lobte seinen Entschluß, er aber machte sich auf nach dem Tannenbühl. Der Tannenbühl liegt auf der höchsten Höhe des Schwarzwaldes, und auf zwei Stunden im Umkreis stand damals kein Dorf, ja nicht einmal eine Hütte, denn die abergläubischen Leute meinten, es sei dort „unsicher".

Man schlug auch, so hoch und prachtvoll die Tannen standen, ungern Holz in jenem Revier, denn oft waren den Holzhauern, wenn sie dort arbeiteten, die Äxte vom Stiel gesprungen und in den Fuß gefahren, oder die Bäume waren schnell umgestürzt und hatten die Männer mit umgerissen und beschädigt oder gar getötet. Auch hätte man die schönsten Bäume von dorther nur zu Brennholz brauchen können, denn die Floßherren nahmen nie einen Stamm aus dem Tannenbühl unter ein Floß auf, weil die Sage ging, dass Mann und Holz verunglücke, wenn ein Tannenbühler mit im Wasser sei. Daher kam es, dass im Tannenbühl die Bäume so dicht und so hoch standen, dass es am hellen Tag beinahe Nacht war.

Peter Munk wurde es ganz schaurig dort zu Mut, denn er hörte keine Stimme, keinen Tritt als den seinigen, keine Axt; selbst die Vögel schienen diese dichte Tannennacht zu vermeiden.

Kohlenmunk-Peter hatte jetzt den höchsten Punkt des Tannenbühls erreicht und stand vor einer Tanne von ungeheurem Umfang, um die ein holländischer Schiffsherr an Ort und Stelle viele hundert Gulden gegeben hätte.

„Hier", dachte er, „wird wohl der Schatzhauser wohnen" Er zog seinen großen Sonntagshut, machte vor dem Baum eine tiefe Verbeugung, räusperte sich und sprach mit zitternder Stimme: „Wünsche glückseligen Abend, Herr Glasmann." Aber es erfolgte keine Antwort, und alles umher war so still wie zuvor. „Vielleicht muss ich doch das Verslein sprechen", dachte er weiter und murmelte:

„Schatzhauser im grünen Tannenwald,
Bist schon viel' hundert Jahre alt,
Dir gehört all Land, wo Tannen stehn–"

Indem er diese Worte sprach, sah er zu seinem großen Schrecken eine ganz kleine, sonderbare Gestalt hinter der dicken Tanne hervorschauen. Es war ihm, als habe er das Glasmännlein gesehen, wie man ihn beschrieben, das schwarze Wämschen, die roten Strümpfchen, das Hütchen, alles war so, selbst das blasse, aber feine und kluge Gesichtchen, wovon man erzählte, glaubte er gesehen zu haben. Aber ach, so schnell es hervorgeschaut hatte, das Glasmännlein, so schnell war es auch wieder verschwunden!

„Herr Glasmann", rief nach einigem Zögern Peter Munk, „seid so gütig und haltet mich nicht für Narren. Herr Glasmann, wenn Ihr meint, ich habe Euch nicht gesehen, so täuscht Ihr Euch sehr, ich sah Euch wohl hinter dem Baum hervorgucken."

Immer noch keine Antwort, nur zuweilen glaubte er ein leises, heiseres Kichern hinter dem Baum zu vernehmen. Endlich überwand seine Ungeduld die Furcht, die ihn bis jetzt noch abgehalten hatte. „Warte, du kleiner Bursche", rief er, „dich will ich bald haben", sprang mit einem Satz hinter die Tanne, aber da war kein Schatzhauser im grünen Tannenwald, und nur ein kleines, zierliches Eichhörnchen jagte an dem Baum hinauf.

Peter Munk schüttelte den Kopf; er sah ein, dass er die Beschwörung bis auf einen gewissen Grad gebracht habe, und dass ihm vielleicht nur noch ein Reim zu dem Sprüchlein fehle, so könne er das Glasmännlein hervorlocken. Aber er sann hin, er sann her und fand nichts.

Das Eichhörnchen zeigte sich an den untersten Ästen der Tanne und schien ihn aufzumuntern oder zu verspotten. Es putzte sich, es rollte den schönen Schweif, es schaute ihn mit klugen Augen an. Aber endlich fürchtete er sich doch beinahe, mit diesem Tier allein zu sein, denn bald schien das Eichhörnchen einen Menschenkopf zu haben und einen dreispitzigen Hut zu tragen, bald war es ganz wie ein anderes Eichhörnchen und hatte nur an den Hinterfüßen rote Strümpfe und schwarze Schuhe. Kurz, es war ein lustiges Tier, aber dennoch graute Kohlen-Peter, denn er meinte, es gehe nicht mit rechten Dingen zu.

Mit schnelleren Schritten, als er gekommen war, zog Peter wieder ab. Das Dunkel des Tannenwaldes schien immer schwärzer zu werden, die Bäume standen immer dichter, und ihm fing an so zu grauen, dass er im Trab davonjagte, und erst, als er in der Ferne Hunde bellen hörte und bald darauf zwischen den Bäumen den Rauch einer Hütte erblickte, wurde er wieder ruhiger. Aber als er näher kam und die Tracht der Leute in der Hütte erblickte, fand er, dass er aus Angst gerade die entgegengesetzte Richtung genommen hatte. Statt zu den Glasleuten war er zu den Flözern gekommen. Die Leute, die in der Hütte wohnten, waren Holzfäller, ein alter Mann, sein Sohn, der Hauswirt, und einige erwachsene Enkel. Sie nahmen Kohlenmunk-Peter, der um ein Nachtlager bat, gut auf, ohne nach seinem Namen und Wohnort zu fragen. Sie gaben ihm Apfelwein zu trinken, und abends wurde ein großer Auerhahn, die beste Schwarzwaldspeise, aufgesetzt.

Nach dem Nachtessen setzten sich die Hausfrau und ihre Töchter mit ihren Kunkeln um den großen Lichtspan, den die Jungen mit dem feinsten Tannenharz unterhielten, der Großvater, der Gast und der Hauswirt rauchten und schauten den Weibern zu, die Bursche aber waren beschäftigt, Löffel und Gabeln aus Holz zu schnitzeln. Draußen im Wald heulte der Sturm und raste in den Tannen, man hörte da und dort sehr heftige Schläge, und es schien oft, als ob ganze Bäume abgeknickt würden und zusammenkrachten. Die furchtlosen Jungen wollten hinaus in den Wald laufen und dies furchtbar schöne Schauspiel mit ansehen. Ihr Großvater aber hielt sie mit strengem Wort und Blick zurück.

„Ich will keinem raten, dass er jetzt vor die Tür geht", rief er ihnen zu. „Bei Gott, der kommt nimmermehr wieder, denn der Holländer-Michel haut sich heute nacht ein neues G'stair (Floßlenkstangen) im Wald."

Die Kleinen staunten ihn an. Sie mochten von dem Holländer-Michel schon gehört haben, aber sie baten jetzt den Ehni, einmal recht schön von jenem zu erzählen. Auch Peter Munk, der vom Holländer-Michel auf der andern Seite des Waldes nur undeutlich hatte sprechen gehört, stimmte mit ein und fragte den Alten, wer und wo er sei.

„Er ist der Herr dieses Waldes, und nach dem zu schließen, dass Ihr in Eurem Alter dies noch nicht erfahren, müßt Ihr drüben über dem Tannenbühl oder gar noch weiter zu Hause sein. Vom Holländer-Michel will ich Euch aber erzählen, was ich weiß, und wie die Sage von ihm geht. Vor etwa hundert Jahren, so erzählte es wenigstens mein Ehni, war weit und breit kein ehrlicher Volk auf Erden als die Schwarzwälder. Jetzt, seit so viel Geld im Land ist, sind die Menschen unredlich und schlecht. Die jungen Bursche tanzen und johlen am Sonntag und fluchen, dass es ein Schrecken ist. Damals war es aber anders. Und wenn er jetzt zum Fenster dort hereinschaute, so sag' ich's und hab' es oft gesagt, der Holländer-Michel ist schuld an all dieser Verderbnis.

Es lebte also vor hundert Jahr und drüber ein reicher Holzherr, der viel Gesind' hatte. Er handelte bis weit den Rhein hinab, und sein Geschäft war gesegnet, denn er war ein frommer Mann. Kommt eines Abends ein Mann an seine Türe, desgleichen er noch nie gesehen. Seine Kleidung war wie die der Schwarzwälder Burschen, aber er war einen guten Kopf höher als alle, und man hatte noch nie geglaubt, dass es einen solchen Riesen geben könne. Dieser bat um Arbeit bei dem Holzherrn, und der Holzherr, der ihm ansah, dass er stark und zu großen Lasten tüchtig sei, rechnet mit ihm seinen Lohn, und sie schlugen ein.

Der Michel war ein Arbeiter, wie selbiger Holzherr noch keinen gehabt. Beim Baumschlagen galt er für drei, und wenn sechs am einen End' schleppten, trug er allein das andere. Als er aber ein halbes Jahr Holz geschlagen hatte, trat er eines Tages vor seinen Herrn und begehrte von ihm: ‚Hab' jetzt lange genug hier Holz gehackt, und so möcht' ich auch sehen, wohin meine Stämme kommen, und wie wär' es, wenn Ihr mich auch mal auf ein Floß ließet?'

Der Holzherr antwortete: ‚Ich will dir nicht im Weg sein, Michel, wenn du ein wenig hinaus willst in die Welt. Zwar brauche ich beim Holzfällen starke Leute, wie du bist, und auf dem Floß kommt es auf Geschicklichkeit an, aber für diesmal sei es gut.'

Und so war es. Das Floß, mit dem er abgehen sollte, hatte acht Glaich (Glieder), und alle waren von den größten Zimmerbalken. Aber was geschah? Am Abend zuvor brachte der lange Michel noch acht Balken ans Wasser, so dick und lang wie man keinen je gesehen hatte. Und jeden trug er so leicht auf der Schulter wie eine Flözerstange, so dass sich alles entsetzte. Wo er sie gehauen, weiß bis heute niemand. Dem Holzherrn lachte das Herz, als er dies sah, denn er berechnete, was diese Balken einbringen könnten.

Michel aber sagte: ‚So, die sind für mich zum Fahren, auf den kleinen Spänen dort kann ich nicht fortkommen.'

Sein Herr wollte ihm zum Dank ein Paar Flözerstiefeln schenken, aber er warf sie auf die Seite und brachte ein Paar hervor, wie es sonst keine gab; mein Großvater hat versichert, sie haben hundert Pfund gewogen und seien fünf Fuß lang gewesen.

Das Floß fuhr ab. Und hatte der Michel früher die Holzhauer in Verwunderung gesetzt, so staunten jetzt die Flözer, denn statt dass das Floß, wie man wegen der ungeheuren Balken geglaubt hatte, langsamer auf dem Fluß ging, flog es, sobald sie in den Neckar kamen, wie ein Pfeil. Machte der Neckar eine Wendung und hatten sonst die Flözer Mühe gehabt, das Floß in der Mitte zu halten und nicht auf Kies oder Sand zu stoßen, so sprang jetzt Michel allemal ins Wasser, rückte mit einem Zug das Floß links oder rechts, so dass es ohne Gefahr vorüberglitt. Kam dann eine gerade Stelle, so lief er aufs erste G'stair vor, ließ alle ihre Stangen beisetzen, steckte seinen ungeheuren Weberbaum ins Kies bett, und mit einem Druck flog das Floß dahin, dass das Land und Bäume und Dörfer vorbeizujagen schienen. So waren sie in der Hälfte der Zeit, die man sonst brauchte, nach Köln am Rhein gekommen, wo sie sonst ihre Ladung verkauft hatten.

Aber hier sprach Michel: ‚Ihr seid mir rechte Kaufleute und versteht euren Nutzen! Meinet ihr denn, die Kölner brauchen all dies Holz, das aus dem Schwarzwald kömmt, für sich? Nein, um den halben Wert kaufen sie es euch ab und verhandeln es teuer nach Holland. Lasset uns die kleinen Balken hier verkaufen und mit den großen nach Holland gehen. Was wir über den gewöhnlichen Preis lösen, ist unser eigener Profit.‘

So sprach der arglistige Michel, und die andern waren es zufrieden. Die einen, weil sie gerne nach Holland gezogen wären, es zu sehen, die andern des Geldes wegen. Nur ein einziger war redlich und mahnte sie ab, das Gut ihres Herrn der Gefahr auszusetzen oder ihn um den höheren Preis zu betrügen, aber sie hörten nicht auf ihn und vergaßen seine Worte. Aber der Holländer-Michel vergaß sie nicht. Sie fuhren auch mit dem Holz den Rhein hinab, Michel leitete das Floß und brachte sie schnell bis nach Rotterdam. Dort bot man ihnen das Vierfache des früheren Preises. Besonders die ungeheuren Balken des Michel wurden mit schwerem Geld bezahlt.

Als die Schwarzwälder so viel Geld sahen, wußten sie sich vor Freude nicht zu fassen. Michel teilte ab. Einen Teil dem Holzherrn, die drei andern unter die Männer. Und nun setzten sie sich mit Matrosen und anderem schlechten Gesindel in die Wirtshäuser, verschlemmten und verspielten ihr Geld. Den braven Mann aber, der ihnen abgeraten, verkaufte der Holländer-Michel an einen Seelenverkäufer, und man hat nichts mehr von ihm gehört. Von da an war den Burschen im Schwarzwald Holland das Paradies und Holländer-Michel ihr König. Die Holzherren erfuhren lange nichts von dem Handel, und unvermerkt kamen Geld, Flüche, schlechte Sitten, Trunk und Spiel aus Holland herauf.

Der Holländer-Michel war aber, als die Geschichte herauskam, nirgends zu finden. Aber tot ist er auch nicht. Seit hundert Jahren treibt er seinen Spuk im Wald, und man sagt, dass er schon vielen behilflich gewesen sei, reich zu werden – auf Kosten ihrer armen Seele. Und mehr will ich nicht sagen. Aber so viel ist gewiß, dass er noch jetzt in solchen Sturmnächten im Tannenbühl, wo man nicht hauen soll, überall die schönsten Tannen aussucht. Mein Vater hat ihn eine vier Schuh dicke umbrechen sehen wie ein Rohr.

Mit diesen beschenkt er die, welche sich vom Rechten abwenden und zu ihm gehen. Um Mitternacht bringen sie dann die G'stair ins Wasser, und er rudert mit ihnen nach Holland. Aber wäre ich Herr und König in Holland, ich ließe ihn mit Kartätschen in den Boden schmettern, denn alle Schiffe, die von dem Holländer-Michel auch nur einen Balken haben, müssen untergehen. Daher kommt es, dass man so viel von Schiffbrüchen hört. Wie könnte denn sonst ein schönes, starkes Schiff, so groß wie eine Kirche, zu Grund gehen auf dem Wasser? Aber so oft Holländer-Michel in einer Sturmnacht im Schwarzwald eine Tanne fällt, springt eine seiner alten aus den Fugen des Schiffes. Das Wasser dringt ein, und das Schiff ist mit Mann und Maus verloren. Das ist die Sage vom Holländer-Michel, und wahr ist es, alles Böse im Schwarzwald schreibt sich von ihm her. Oh, er kann einen reich machen", setzte der Greis geheimnisvoll hinzu, „aber ich möchte nichts von ihm haben. ich möchte um keinen Preis in der Haut des dicken Ezechiel und des langen Schlurkers stecken. Auch der Tanzbodenkönig soll sich ihm ergeben haben!"

Der Sturm hatte sich während der Erzählung des Alten gelegt. Die Mädchen zündeten schüchtern die Lampen an und gingen weg. Die Männer aber legten Peter Munk einen Sack voll Laub als Kopfkissen auf die Ofenbank und wünschten ihm gute Nacht.

◊ ◊ ◊

Kohlenmunk-Peter hatte noch nie so schwere Träume gehabt wie in dieser Nacht; bald glaubte er, der finstere riesige Holländer-Michel reiße die Stubenfenster auf und reiche mit seinem ungeheuer langen Arm einen Beutel voll Goldstücke herein, die er untereinander schüttelte, dass es hell und lieblich klang. Bald sah er wieder das kleine, freundliche Glasmännlein auf einer ungeheuren grünen Flasche im Zimmer umherreiten, und er meinte das heisere Lachen wieder zu hören wie im Tannenbühl. Dann brummte es ihm wieder ins linke Ohr:

„In Holland gibt's Gold,
Könnt's haben, wenn Ihr wollt
Um geringen Sold
Gold, Gold."

Dann hörte er wieder in seinem rechten Ohr das Liedchen vom Schatzhauser im grünen Tannenwald, und eine zarte Stimme flüsterte: „Dummer Kohlen-Peter. Dummer Peter Munk, kannst kein Sprüchlein reimen auf ‚stehen‘, und bist doch am Sonntag geboren Schlag zwölf Uhr. Reime, dummer Peter, reime!"

Er ächzte, er stöhnte im Schlaf, er mühte sich ab, einen Reim zu finden, aber da er in seinem Leben noch keinen gemacht hatte, war seine Mühe im Traum vergebens. Als er aber mit dem ersten Frührot erwachte, kam ihm doch sein Traum sonderbar vor. Er setzte sich mit verschränkten Armen hinter den Tisch und dachte über die Einflüsterungen nach, die ihm noch immer im Ohr lagen.

„Reime, dummer Kohlenmunk-Peter, reime", sprach er zu sich und pochte mit dem Finger an seine Stirne, aber es wollte kein Reim hervorkommen. Als er noch so da saß und trübe vor sich hinschaute, und an den Reim auf „stehen" dachte, da zogen drei Bursche vor dem Haus vorbei in den Wald, und einer sang im Vorübergehen:

„Am Berge tat ich stehen
Und schaute in das Tal,
Da hab' ich sie gesehen
Zum allerletztenmal."

Das fuhr wie ein leuchtender Blitz durch Peters Ohr, und hastig raffte er sich auf, stürzte aus dem Haus, weil er meinte, nicht recht gehört zu haben, sprang den drei Burschen nach und packte den Sänger hastig und unsanft beim Arm.

„Halt, Freund!", rief er, „was habt Ihr da auf ‚stehen' gereimt, tut mir die Liebe und sprecht, was Ihr gesungen."

„Was ficht's dich an, Bursche?" entgegnete der Schwarzwälder. „Ich kann singen, was ich will, und laß gleich meinen Arm los, oder…"

„Nein, sagen sollst du, was du gesungen hast!", schrie Peter beinahe außer sich und packte ihn noch fester an. Die zwei andern aber, als sie dies sahen, zögerten nicht lange, sondern fielen mit derben Fäusten über den armen Peter her und walkten ihn derb, bis er vor Schmerzen das Gewand des dritten ließ und erschöpft in die Knie sank.

„Jetzt hast du dein Teil", sprachen sie lachend, „und merk dir, toller Bursche, dass du Leute, wie wir sind, nimmer anfällst auf offenem Wege."

„Ach, ich will mir es gewißlich merken!", erwiderte Kohlen-Peter seufzend. „Aber so ich die Schläge habe, seid so gut und saget deutlich, was jener gesungen."

Da lachten sie aufs neue und spotteten ihn aus. Aber der , derdas Lied gesungen hatte, sagte es ihm vor, und lachend und singend zogen sie weiter.

„Also sehen", sprach der arme Geschlagene, indem er sich mühsam aufrichtete. „Sehen auf stehen. Jetzt, Glasmännlein, wollen wir wieder ein Wort zusammen sprechen." Er ging in die Hütte, holte seinen Hut und den langen Stock, nahm Abschied von den Bewohnern der Hütte und trat seinen Rückweg nach dem Tannenbühl an.

Er ging langsam und sinnend seine Straße, denn er musste ja seinen Vers ersinnen. Endlich, als er schon in den Bereich des Tannenbühls ging und die Tannen höher und dichter wurden, hatte er auch seinen Vers gefunden und machte vor Freuden einen Sprung in die Höhe. Da trat ein riesengroßer Mann in Flözerkleidung und einer Stange so lang wie ein Mastbaum in der Hand hinter den Tannen hervor.

Peter Munk sank beinahe in die Knie, als er jenen langsamen Schrittes neben sich wandeln sah, denn er dachte, ‚das ist der Holländer-Michel und kein anderer‘. Noch immer schwieg die furchtbare Gestalt, und Peter schielte zuweilen furchtsam nach ihm hin. Er war wohl einen Kopf größer als der längste Mann, den Peter je gesehen. Sein Gesicht war nicht mehr jung, doch auch nicht alt, aber voll Furchen und Falten. Er trug ein Wams von Leinwand. Und die ungeheuren Stiefel, über die Lederbeinkleider heraufgezogen, waren Peter aus der Sage wohlbekannt.

„Peter Munk, was tust du im Tannenbühl?“, fragte der Waldkönig endlich mit tiefer, dröhnender Stimme.

„Guten Morgen, Landsmann“, antwortete Peter, indem er sich unerschrocken zeigen wollte, aber heftig zitterte. „Ich will durch den Tannenbühl nach Haus zurück.“

„Peter Munk“, erwiderte jener und warf einen stechenden, furchtbaren Blick nach ihm herüber. „Dein Weg geht nicht durch diesen Hain.“

„Nun, so gerade just nicht“, sagte jener. „Aber es macht heute warm, da dachte ich, es wird hier kühler sein.“

„Lüge nicht, du Kohlen-Peter!“, rief Holländer-Michel mit donnernder Stimme, „oder ich schlag’ dich mit der Stange zu Boden. Meinst, ich hab’ dich nicht betteln sehen bei dem Kleinen?“, setzte er sanft hinzu. „Geh. Das war ein dummer Streich, und gut ist es, dass du das Sprüchlein nicht wußtest. Er ist ein Knauser, der kleine Kerl, und gibt nicht viel. Und wem er gibt, der wird seines Lebens nicht froh. Peter, du bist ein armer Tropf und dauerst mich in der Seele. So ein munterer, schöner Bursche, der in der Welt was anfangen könnte, und sollst Kohlen brennen! Wenn andere große Taler oder Dukaten aus dem Ärmel schütteln, kannst du kaum ein paar Sechser aufwenden. 's ist ein ärmlich Leben."

„Wahr ist's, und recht habt Ihr. Ein elendes Leben."

„Na, mir soll's nicht drauf ankommen", fuhr der schreckliche Michel fort. „Hab' schon manchem braven Kerl aus der Not geholfen, und du wärst nicht der erste. Sag einmal, wie viel hundert Taler brauchst du fürs Erste?"

Bei diesen Worten schüttelte er das Geld in seiner ungeheuren Tasche untereinander, und es klang wieder wie diese Nacht im Traum. Aber Peters Herz zuckte ängstlich und schmerzhaft bei diesen Worten. Es wurde ihm kalt und warm, und der Holländer-Michel sah nicht aus, wie wenn er aus Mitleid Geld wegschenkte, ohne etwas dafür zu verlangen. Es fielen ihm die geheimnisvollen Worte des alten Mannes über die reichen Menschen ein.

Von unerklärlicher Angst und Bangigkeit gejagt, rief er: „Schönen Dank, Herr! Aber mit Euch will ich nichts zu schaffen haben, und ich kenn' Euch schon", und lief, was er laufen konnte.

Aber der Waldgeist schritt mit ungeheuren Schritten neben ihm her und murmelte dumpf und drohend: „Wirst's noch bereuen, Peter, wirst noch zu mir kommen. Auf deiner Stirne steht's geschrieben, in deinem Auge ist's zu lesen. Du entgehst mir nicht. Lauf nicht so schnell, höre nur noch ein vernünftig Wort, dort ist schon meine Grenze!"

Aber als Peter dies hörte und unweit vor ihm einen kleinen Graben sah, beeilte er sich nur noch mehr, um über die Grenze zu kommen, so dass Michel am Ende schneller laufen musste und unter Flüchen und Drohungen ihn verfolgte. Der junge Mann setzte mit einem verzweifelten Sprung über den Graben, denn er sah, wie der Waldgeist mit seiner Stange ausholte und sie auf ihn niederschmettern lassen wollte. Er kam glücklich jenseits an, und die Stange zersplitterte in der Luft, wie an einer unsichtbaren Mauer. Ein langes Stück fiel zu Peter herüber.

Triumphierend hob er es auf, um es dem groben Holländer-Michel zuzuwerfen, aber in diesem Augenblick fühlte er das Stück Holz in seiner Hand sich bewegen. Zu seinem Entsetzen sah er, dass es eine ungeheure Schlange war, die er in der Hand hielt, und die sich schon mit geifernder Zunge und mit blitzenden Augen zu ihm hinaufbäumte. Er ließ sie los, aber sie hatte sich schon fest um seinen Arm gewickelt und kam mit schwankendem Kopf seinem Gesicht immer näher. Da rauschte auf einmal ein ungeheurer Auerhahn nieder, packte den Kopf der Schlange mit dem Schnabel und erhob sich mit ihr in die Lüfte.

Der Holländer-Michel, der dies alles von dem Graben aus gesehen hatte, heulte und schrie und raste, als die Schlange von einem Gewaltigeren entführt ward.

🌰 🌰 🌰

Erschöpft und zitternd setzte Peter seinen Weg fort. Der Pfad wurde steiler, die Gegend wilder, und bald fand er sich wieder an der ungeheuren Tanne. Er machte wieder wie gestern seine Verbeugungen gegen das unsichtbare Glasmännlein und hub dann an:

„Schatzhauser im grünen Tannenwald,
Bist schon viel' hundert Jahre alt,
Dein ist all Land, wo Tannen stehn,
Läßt dich nur Sonntagskindern sehn."

„Hast's zwar nicht ganz getroffen, aber weil du es bist, Kohlenmunk-Peter, so soll es so hingehen", sprach eine zarte, feine Stimme neben ihm.

Erstaunt sah er sich um, und unter einer schönen Tanne saß ein kleines altes Männlein in schwarzem Wams und roten Strümpfen und den großen Hut auf dem Kopf. Er hatte ein feines, freundliches Gesichtchen und ein Bärtchen so zart wie aus Spinnweben. Er rauchte, was sonderbar anzusehen war, aus einer Pfeife von blauem Glas, und als Peter näher trat, sah er zu seinem Erstaunen, dass auch Kleider, Schuhe und Hut des Kleinen aus gefärbtem Glas bestanden. Aber es war geschmeidig, als ob es noch heiß wäre, denn es schmiegte sich wie ein Tuch nach jeder Bewegung des Männleins.

„Du bist dem Flegel begegnet, dem Holländer-Michel?", sagte der Kleine, indem er zwischen jedem Wort sonderbar hüstelte. „Er hat dich recht ängstigen wollen, aber seinen Kunstprügel habe ich ihm abgejagt, den soll er nimmer wiederkriegen."

„Ja, Herr Schatzhauser", erwiderte Peter mit einer tiefen Verbeugung. „Es war mir recht bange. Aber Ihr seid wohl der Herr Auerhahn gewesen, der die Schlange tot gebissen. Da bedanke ich mich schönstens. Ich komme aber, um mich Rats zu erholen bei Euch. Es geht mir gar schlecht und hinderlich. Ein Kohlenbrenner bringt es nicht weit, und da ich noch jung bin, dächte ich doch, es könnte noch was Besseres aus mir werden. Wenn ich oft andere sehe, wie weit die es in kurzer Zeit gebracht haben, wenn ich nur den Ezechiel nehme und den Tanzbodenkönig, die haben Geld wie Heu."

„Peter", sagte der Kleine sehr ernst und blies den Rauch aus seiner Pfeife weit hinweg. „Peter, sag mir nichts von diesen. Was haben sie davon, wenn sie hier ein paar Jahre dem Schein nach glücklich und dann nachher desto unglücklicher sind? Du mußt dein Handwerk nicht verachten. Dein Vater und Großvater waren Ehrenleute und haben es auch betrieben, Peter Munk! Ich will nicht hoffen, dass es Liebe zum Müßiggang ist, was dich zu mir führt."

Peter erschrak vor dem Ernst des Männleins und errötete. „Nein", sagte er. „Müßiggang, weiß ich wohl, Herr Schatzhauser im Tannenwald, Müßiggang ist aller Laster Anfang. Aber das könnet Ihr mir nicht übel nehmen, wenn mir ein anderer Stand besser gefällt als der meinige. Ein Kohlenbrenner ist halt so gar etwas Geringes auf der Welt, und die Glasleute und Flözer und Uhrmacher und alle sind angesehener."

„Hochmut kommt oft vor dem Fall", erwiderte der kleine Herr vom Tannenwald etwas freundlicher. „Ihr seid ein sonderbar Geschlecht, ihr Menschen! Selten ist einer mit dem Stand ganz zufrieden, in dem er geboren und erzogen ist. Und was gilt's, wenn du ein Glasmann wärest, möchtest du gern ein Holzherr sein, und wärest du Holzherr, so stünde dir des Försters Dienst oder des Amtmanns Wohnung an. Aber es sei. Wenn du versprichst, brav zu arbeiten, so will ich dir zu etwas Besserem verhelfen, Peter. Ich pflege jedem Sonntagskind, das sich zu mir zu finden weiß, drei Wünsche zu gewähren. Die ersten zwei sind frei, den dritten kann ich verweigern, wenn er töricht ist. So wünsche dir also jetzt etwas, aber – Peter, etwas Gutes und Nützliches!"

„Heißa! Ihr seid ein treffliches Glasmännlein, und mit Recht nennt man Euch Schatzhauser, denn bei Euch sind die Schätze zu Hause. Nu – und also darf ich wünschen, wornach mein Herz begehrt, so will ich denn fürs erste, dass ich noch besser tanzen könne als der Tanzbodenkönig, und jedesmal noch einmal soviel Geld ins Wirtshaus bringe als er."

„Du Tor!", erwiderte der Kleine zürnend. „Welch ein erbärmlicher Wunsch ist dies, gut tanzen zu können und Geld zum Spiel zu haben. Schämst du dich nicht, dummer Peter, dich selbst so um dein Glück zu betrügen? Was nützt es dir und deiner armen Mutter, wenn du tanzen kannst? Was nützt dir dein Geld, das nach deinem Wunsch nur für das Wirtshaus ist, und wie das des elenden Tanzbodenkönigs dort bleibt. Dann hast du wieder die ganze Woche nichts und darbst wie zuvor. Noch einen Wunsch gebe ich dir frei, aber sieh dich vor, dass du vernünftiger wünschest!"

Peter kraute sich hinter den Ohren und sprach nach einigem Zögern: „Nun, so wünsche ich mir die schönste und reichste Glashütte im ganzen Schwarzwald mit allem Zubehör und Geld, sie zu leiten."

„Sonst nichts?", fragte der Kleine mit besorglicher Miene. „Peter, sonst nichts?"

„Nun, Ihr könnet noch ein Pferd dazu tun und ein Wägelchen."

„Oh, du dummer Kohlenmunk-Peter!", rief der Kleine und warf seine gläserne Pfeife in Unmut an eine dicke Tanne, dass sie in hundert Stücke sprang. „Pferde? Wägelchen? Verstand, sag' ich dir … Verstand, gesunden Menschenverstand und Einsicht hättest du wünschen sollen, aber nicht Pferdchen und Wägelchen. Nun, werde nur nicht so traurig, wir wollen sehen, dass es auch so nicht zu deinem Schaden ist. Denn der zweite Wunsch war im ganzen nicht töricht. Eine gute Glashütte nährt auch ihren Mann und Meister. Nur hättest du Einsicht und Verstand dazu mitnehmen können, Wagen und Pferde wären dann wohl von selbst gekommen."

„Aber, Herr Schatzhauser", erwiderte Peter, „ich habe ja noch einen Wunsch übrig. Da könnte ich ja Verstand wünschen, wenn er mir so überaus nötig ist, wie Ihr meinet."

„Nichts da. Du wirst noch in manche Verlegenheit kommen, wo du froh sein wirst, wenn du noch einen Wunsch frei hast. Nun mache dich auf den Weg nach Hause. Hier sind", sprach der kleine Tannengeist, indem er ein kleines Beutelein aus der Tasche zog, „zweitausend Gulden, und damit genug. Komm mir nicht wieder, um Geld zu fordern, denn dann müßte ich dich an der höchsten Tanne aufhängen. So hab' ich's gehalten, seit ich in dem Wald wohne.

Vor drei Tagen aber ist der alte Winkfritz gestorben, der die große Glashütte gehabt hat im Unterwald. Dorthin gehe morgen frühe und mach' ein Bot auf das Gewerbe, wie es recht ist. Halt dich wohl, sei fleißig, und ich will dich zuweilen besuchen und dir mit Rat und Tat an die Hand gehen, weil du dir doch keinen Verstand erbeten.

Aber, und das sag' ich dir ernstlich, dein erster Wunsch war böse. Nimm dich in acht vor dem Wirtshauslaufen, Peter! 's hat noch bei keinem lange gut getan." Das Männlein hatte, während es dies sprach, eine neue Pfeife vom schönsten Beinglas hervorgezogen, sie mit gedörrten Tannenzapfen gestopft und in den kleinen, zahnlosen Mund gesteckt. Dann zog er ein ungeheures Brennglas hervor, trat in die Sonne und zündete seine Pfeife an. Als er damit fertig war, bot er dem Peter freundlich die Hand, gab ihm noch ein paar gute Lehren auf den Weg, rauchte. Er blies immer schneller und verschwand endlich in einer Rauchwolke, die nach echtem holländischen Tabak roch und langsam sich kräuselnd in die Tannenwipfel entschwebte.

◑ ◑ ◑

Als Peter nach Haus kam, fand er seine Mutter sehr in Sorge um ihn, denn die gute Frau glaubte nicht anders, als ihr Sohn sei zum Soldaten ausgehoben worden. Er aber war fröhlich und guter Dinge und erzählte ihr, wie er im Wald einen guten Freund getroffen, der ihm Geld vorgeschossen habe, um ein anderes Geschäft als Kohlenbrennen anzufangen.

Obgleich seine Mutter schon seit dreißig Jahren in der Köhlerhütte wohnte und an den Anblick berußter Leute so gewöhnt war wie jede Müllerin an das Mehlgesicht ihres Mannes, so war sie doch eitel genug, sobald ihr Peter ein glänzenderes Los zeigte, ihren früheren Stand zu verachten und sprach: „Ja, als Mutter eines Mannes, der eine Glashütte besitzt, bin ich doch was anderes als Nachbarin Grete und Bete, und setze mich in Zukunft vornehin in der Kirche, wo rechte Leute sitzen."

Ihr Sohn aber wurde mit den Erben der Glashütte bald handelseinig. Er behielt die Arbeiter, die er vorfand, bei sich und ließ nun Tag und Nacht Glas machen. Anfangs gefiel ihm das Handwerk wohl. Er pflegte gemächlich in die Glashütte hinabzusteigen, ging dort mit vornehmen Schritten, die Hände in die Taschen gesteckt, hin und her, guckte dahin, guckte dorthin, sprach dies und jenes, worüber seine Arbeiter oft nicht wenig lachten. Seine größte Freude war, das Glas blasen zu sehen, und oft machte er sich selbst an die Arbeit und formte aus der noch weichen Masse die sonderbarsten Figuren. Bald aber war ihm die Arbeit entleidet, und er kam zuerst nur noch eine Stunde des Tages in die Hütte, dann nur alle zwei Tage, endlich die Woche nur einmal. Seine Gesellen machten, was sie wollten.

Das alles kam aber nur vom Wirtshauslaufen. Den Sonntag, nachdem er vom Tannenbühl zurückgekommen war, ging er ins Wirtshaus. Wer schon auf dem Tanzboden sprang, war der Tanzbodenkönig, und der dicke Ezechiel saß auch schon hinter der Maßkanne und knöchelte um Kronentaler.

Da fuhr Peter mit der Hand schnell in die Tasche, um zu sehen, ob ihm das Glasmännlein Wort gehalten. Und siehe, seine Tasche strotzte von Silber und Gold. Auch in seinen Beinen zuckte und drückte es, wie wenn sie tanzen und springen wollten.

Als der erste Tanz zu Ende war, stellte er sich mit seiner Tänzerin oben an, neben den Tanzbodenkönig, und sprang dieser drei Schuh hoch, so flog Peter vier, und machte dieser wunderliche und zierliche Schritte, so verschlang und drehte Peter seine Füße, dass alle Zuschauer vor Lust und Verwunderung beinahe außer sich kamen. Als man aber auf dem Tanzboden vernahm, dass Peter eine Glashütte gekauft habe, als man sah, dass er, so oft er an den Musikanten vorbeitanzte, ihnen einen Sechsbätzner zuwarf, da war des Staunens kein Ende. Die einen glaubten, er habe einen Schatz im Wald gefunden, die andern meinten, er habe eine Erbschaft getan, aber alle verehrten ihn jetzt und hielten ihn für einen gemachten Mann, nur weil er Geld hatte. Verspielte er doch noch an demselben Abend zwanzig Gulden, und nichts desto minder rasselte und klang es in seiner Tasche, wie wenn noch hundert Taler darin wären.

Als Peter sah, wie angesehen er war, wußte er sich vor Freude und Stolz nicht zu fassen. Er warf das Geld mit vollen Händen weg und teilte es den Armen reichlich zu, wusste er doch, wie ihn selbst einst die Armut gedrückt hatte. Des Tanzbodenkönigs Künste wurden vor den übernatürlichen Künsten des neuen Tänzers zu schanden. Peter führte jetzt den Namen Tanzkaiser. Die unternehmendsten Spieler am Sonntag wagten nicht so viel wie er, aber sie verloren auch nicht so viel. Und je mehr er verlor, desto mehr gewann er. Das verhielt sich aber ganz so, wie er es vom kleinen Glasmännlein verlangt hatte. Er hatte sich gewünscht, immer so viel Geld in der Tasche zu haben, wie der dicke Ezechiel, und gerade dieser war es, an welchen er sein Geld verspielte. Und wenn er zwanzig, dreißig Gulden auf einmal verlor, so hatte er sie alsobald wieder in der Tasche, wenn sie Ezechiel einstrich. Nach und nach brachte er es aber im Schlemmen und Spielen weiter als die schlechtesten Gesellen im Schwarzwald. Man nannte ihn jetzt öfter Spiel-Peter als Tanzkaiser, denn er spielte jetzt auch beinahe an allen Werktagen. Darüber kam aber seine Glashütte nach und nach in Verfall, und daran war Peters Unverstand schuld. Glas ließ er machen, so viel man immer machen konnte. Aber er hatte mit der Hütte nicht zugleich das Geheimnis gekauft, wohin man es am besten verschkaufen könne. Er wußte am Ende mit der Menge Glas nichts anzufangen und verkaufte es um den halben Preis an herumziehende Händler, nur um seine Arbeiter bezahlen zu können.

Eines Abends ging er auch wieder vom Wirtshaus heim und dachte trotz des vielen Weines, den er getrunken, um sich fröhlich zu machen, mit Schrecken und Gram an den Verfall seines Vermögens. Da bemerkte er auf einmal, dass jemand neben ihm gehe, er sah sich um, und siehe da – es war das Glasmännlein. Da geriet er in Zorn und Eifer, vermaß sich hoch und teuer und schwur, der Kleine sei an all seinem Unglück Schuld.

„Was tu' ich nun mit Pferd und Wägelchen?", rief er, „was nutzt mir die Hütte und all mein Glas? Selbst als ich noch ein elender Köhlersbursch war, lebte ich froher und hatte keine Sorgen. Jetzt weiß ich nicht, wann der Amtmann kommt und meine Habe schätzt und mir vergantet der Schulden wegen!"

„So?", entgegnete das Glasmännlein. „Ich also soll Schuld daran sein, dass du unglücklich bist? Ist dies der Dank für meine Wohltaten? Wer hieß dich so töricht wünschen? Ein Glasmann wolltest du sein und wußtest nicht, wohin dein Glas verkaufen!

Sagte ich dir nicht, du solltest behutsam wünschen? Verstand, Peter, Klugheit hat dir gefehlt."

„Was Verstand und Klugheit!", rief jener. „Ich bin ein so kluger Bursche wie irgendeiner, und will es dir zeigen, Glasmännlein." Bei diesen Worten faßte er das Männlein unsanft am Kragen und schrie: „Hab' ich dich jetzt, Schatzhauser im grünen Tannenwald? Und den dritten Wunsch will ich jetzt tun, den sollst du mir gewähren. Ich will hier auf der Stelle zweimalhunderttausend harte Taler und ein Haus und – oh weh!" Er schrie auf und schüttelte die Hand, denn das Waldmännlein hatte sich in glühendes Glas verwandelt und brannte in seiner Hand wie sprühendes Feuer. Aber von dem Männlein war nichts mehr zu sehen.

Mehrere Tage lang erinnerte ihn seine geschwollene Hand an seine Undankbarkeit und Torheit; dann aber übertäubte er sein Gewissen und sprach: „Und wenn sie mir die Glashütte und alles verkaufen, so bleibt mir doch immer der dicke Ezechiel. Solange der Geld hat am Sonntag, kann es mir nicht fehlen."

Ja, Peter! Aber wenn er keines hatte? Und so geschah es eines Tages und war ein wunderliches Rechenexempel.

Eines Sonntags kam er angefahren ans Wirtshaus, und die Leute streckten die Köpfe durch die Fenster, und der eine sagte: „Da kommt der Spiel-Peter", und der andere: „Ja, der Tanzkaiser, der reiche Glasmann", und ein dritter schüttelte den Kopf und sprach: „Mit dem Reichtum kann man es machen. Man sagt allerlei von seinen Schulden, und in der Stadt hat einer gesagt, der Amtmann werde nicht mehr lange säumen zum Auspfänden."

Indessen grüßte der reiche Peter die Gäste am Fenster vornehm und gravitätisch, stieg vom Wagen und schrie: „Sonnenwirt, guten Abend, ist der dicke Ezechiel schon da?"

Und eine tiefe Stimme rief: „Nur herein, Peter! Dein Platz ist dir aufbehalten, wir sind schon da und bei den Karten."

So trat Peter Munk in die Wirtsstube und fuhr gleich in die Tasche und merkte, dass Ezechiel gut versehen sein müsse, denn seine Tasche war bis oben angefüllt.

Er setzte sich hinter den Tisch zu den andern und spielte und gewann und verlor hin und her, und so spielten sie, bis andere ehrliche Leute, als es Abend wurde, nach Hause gingen. Sie spielten bei Licht, bis zwei andere Spieler sagten: „Jetzt ist's genug, wir müssen heim zu Frau und Kind."

Aber Spiel-Peter forderte den dicken Ezechiel auf, zu bleiben. Dieser wollte lange nicht, endlich aber rief er: „Gut, jetzt will ich mein Geld zählen, und dann wollen wir knöcheln, den Satz um fünf Gulden, denn niederer ist es doch nur Kinderspiel." Er zog den Beutel und zählte, und fand hundert Gulden bar, und Spiel-Peter wußte nun, wieviel er selbst habe und brauchte es nicht erst zu zählen. Aber hatte Ezechiel vorher gewonnen, so verlor er jetzt Satz für Satz und fluchte greulich dabei. Warf er einen Pasch, gleich warf Spiel-Peter auch einen, und immer zwei Augen höher. Da setzte er endlich die letzten fünf Gulden auf den Tisch und rief: „Noch einmal, und wenn ich auch den noch verliere, so höre ich doch nicht auf, dann leihst du mir von deinem Gewinn, Peter. Ein ehrlicher Kerl hilft dem andern."

„Soviel du willst, und wenn es hundert Gulden sein sollten", sprach der Tanzkaiser, fröhlich über seinen Gewinn.

Der dicke Ezechiel schüttelte die Würfel und warf fünfzehn. „Pasch!", rief er, „jetzt wollen wir sehen!"

Peter aber warf achtzehn, und eine heisere bekannte Stimme hinter ihm sprach: „So, das war der letzte."

Er sah sich um, und riesengroß stand der Holländer-Michel hinter ihm. Erschrocken ließ er das Geld fallen, das er schon eingezogen hatte. Aber der dicke Ezechiel sah den Waldmann nicht, sondern verlangte, der Spiel-Peter solle ihm zehn Gulden vorstrecken zum Spiel. Halb im Traum fuhr dieser mit der Hand in die Tasche. Aber da war kein Geld, er suchte in der andern Tasche, aber auch da fand sich nichts. Er kehrte den Rock um, aber es fiel kein roter Heller heraus. Jetzt erst gedachte er seines eigenen ersten Wunsches, immer so viel Geld zu haben wie der dicke Ezechiel. Wie Rauch war alles verschwunden.

Der Wirt und Ezechiel sahen ihn staunend an, als er immer suchte und sein Geld nicht finden konnte. Sie wollten ihm nicht glauben, dass er keines mehr habe. Aber als sie endlich selbst in seinen Taschen suchten, wurden sie zornig und schworen, der Spiel-Peter sei ein böser Zauberer und habe all das gewonnene Geld und sein eigenes nach Hause gewünscht. Peter verteidigte sich standhaft, aber der Schein war gegen ihn. Ezechiel sagte, er wolle die schreckliche Geschichte allen Leuten im Schwarzwald erzählen, und der Wirt versprach ihm, morgen mit dem frühesten in die Stadt zu gehen und Peter Munk als Zauberer anzuklagen. Er wolle es erleben, so setzte er hinzu, dass man ihn verbrenne. Dann fielen sie wütend über ihn her, rissen ihm das Wams vom Leib und warfen ihn zur Türe hinaus.

Kein Stern schien am Himmel, als Peter trübselig seiner Wohnung zuschlich. Aber dennoch konnte er eine dunkle Gestalt erkennen, die neben ihm herschritt und endlich sprach: „Mit dir ist's aus, Peter Munk. All deine Herrlichkeit ist zu Ende. Das hätt' ich dir schon damals sagen können, als du nichts von mir hören wolltest und zu dem dummen Glaszwerg liefst. Da siehst du jetzt, was man davon hat, wenn man meinen Rat verachtet. Aber versuch' es einmal mit mir, ich habe Mitleid mit deinem Schicksal. Noch keinen hat es gereut, der sich an mich wandte. Wenn du den Weg nicht scheust, bin ich morgen den ganzen Tag am Tannenbühl zu sprechen, wenn du mich rufst."

Peter merkte wohl, wer so zu ihm spreche, aber es kam ihn ein Grauen an. Er antwortete nicht, sondern lief seinem Haus zu.

Als Peter am Montag Morgen in seine Glashütte ging, da waren nicht nur seine Arbeiter da, sondern auch andere Leute, die man nicht gerne sieht, nämlich der Amtmann und drei Gerichtsdiener. Der Amtmann wünschte Peter einen guten

Morgen, fragte, wie er geschlafen, und zog dann ein langes Register heraus. Darauf waren Peters Gläubiger verzeichnet.

„Könnt Ihr zahlen oder nicht?", fragte der Amtmann mit strengem Blick. „Und macht es nur kurz, denn ich habe nicht viel Zeit zu versäumen, und bis zum Schuldturm sind es drei gute Stunden." Da verzagte Peter, gestand, dass er nichts mehr habe, und überließ es dem Amtmann, Haus und Hof, Hütte und Stall, Wagen und Pferde zu schätzen. Und als die Gerichtsdiener und der Amtmann umhergingen und prüften und schätzten, dachte er, ‚bis zum Tannenbühl ist's nicht weit, hat mir der Kleine nicht geholfen, so will ich es einmal mit dem Großen versuchen.'

Er lief dem Tannenbühl zu, so schnell, als ob die Gerichtsdiener ihm auf den Fersen wären. Es war ihm, als er an dem Platz vorbeirannte, wo er das Glasmännlein zuerst gesprochen, als halte ihn eine unsichtbare Hand auf. Aber er riß sich los und lief weiter bis an die Grenze, die er sich vn früher wohl gemerkt hatte. Kaum hatte er, beinahe atemlos „Herr Holländer-Michel" gerufen, als auch schon der riesengroße Flözer mit seiner Stange vor ihm stand.

„Kommst du?", sprach dieser lachend. „Haben sie dir die Haut abziehen und deinen Gläubigern verkaufen wollen? Nu, sei ruhig. Dein ganzer Jammer kommt, wie gesagt, von dem kleinen Glasmännlein, von dem Separatisten und Frömmler her. Wenn man schenkt, muss man gleich recht schenken, und nicht wie dieser Knauser. Doch komm", fuhr er fort und wandte sich gegen den Wald, „folge mir in mein Haus, dort wollen wir sehen, ob wir handelseinig werden."

‚Handelseinig?', dachte Peter. ‚Was kann er denn von mir verlangen, was kann ich an ihn verhandeln? Soll ich ihm etwa dienen, oder was will er?'

Sie gingen zuerst über einen steilen Waldsteig hinan und standen dann mit einemmal an einer dunkeln, tiefen, abschüssigen Schlucht. Holländer-Michel sprang den Felsen hinab, als wenn es eine sanfte Marmortreppe wäre. Aber Peter wäre bald in

Ohnmacht gesunken, denn als jener unten angekommen war, machte er sich so groß wie ein Kirchturm und reichte ihm einen Arm, so lang wie ein Weberbaum, mit einer Hand daran, so breit wie der Tisch im Wirtshaus. Er rief mit einer Stimme, die herauf schallte wie eine Totenglocke: „Setz dich nur auf meine Hand und halte dich an den Fingern fest, so wirst du nicht fallen!"

Peter tat zitternd, wie jener befohlen, nahm Platz auf der Hand und hielt sich am Daumen des Riesen fest. Es ging weit und tief hinab, aber dennoch wurde es zu Peters Verwunderung nicht dunkler, im Gegenteil, die Tageshelle schien sogar zuzunehmen in der Schlucht. Aber er konnte sie nicht lange in den Augen ertragen.

Der Holländer-Michel hatte sich, je weiter Peter herabkam, wieder kleiner gemacht und stand nun in seiner früheren Gestalt vor einem Haus, so gering oder gut, wie es reiche Bauern im Schwarzwald haben. Die Stube, in die Peter geführt wurde, unterschied sich durch nichts von den Stuben anderer Leute, außer dadurch, dass sie einsam schien.

Die hölzerne Wanduhr, der ungeheure Kachelofen, die breiten Bänke, die Gerätschaften auf den Gesimsen waren hier wie überall. Michel wies ihm einen Platz hinter dem großen Tisch an, ging dann hinaus und kam bald mit einem Krug Wein und Gläsern wieder. Er goß ein, und nun schwatzten sie. Holländer-Michel erzählte so gut von den Freuden der Welt, von fremden Ländern, schönen Städten und Flüssen, dass Peter, am Ende große Sehnsucht darnach bekam und dies auch offen dem Holländer bekannte.

„Wenn du im ganzen Körper den Mut und die Kraft hast, etwas zu unternehmen, da konnten ein paar Schläge des dummen Herzens dich zittern machen. Und dann die Kränkungen der Ehre, das Unglück, für was soll sich ein vernünftiger Kerl um dergleichen bekümmern? Hast du's im Kopf empfunden, als dich letzthin einer einen Betrüger und schlechten Kerl nannte?

Hat es dir im Magen wehe getan, als der Amtmann kam, dich aus dem Haus zu werfen? Was? sag an, was hat dir wehe getan?"

„Mein Herz", sprach Peter, indem er die Hand auf die pochende Brust presste, denn es war ihm, als ob sein Herz sich ängstlich hin und her wendete.

„Du hast, nimm mir es nicht übel, du hast viele Hundert Gulden an schlechte Bettler und anderes Gesindel weggeworfen. Was hat es dir genützt? Sie haben dir dafür Segen und einen gesunden Leib gewünscht. Ja, bist du deswegen gesünder geworden? Um die Hälfte des verschleuderten Geldes hättest du einen Arzt erhalten. Segen, ja ein schöner Segen, wenn man ausgepfändet und ausgestoßen wird! Und was war es, das dich getrieben hat, in die Tasche zu fahren, so oft ein Bettelmann seinen zerlumpten Hut hinstreckte? Dein Herz, auch wieder dein Herz ... weder deine Augen noch deine Zunge, deine Arme noch deine Beine, sondern dein Herz. Du hast es dir, wie man richtig sagt, zu sehr zu Herzen genommen."

„Aber wie kann man sich denn angewöhnen, dass es nicht mehr so ist? Ich gebe mir jetzt alle Mühe, es zu unterdrücken, und dennoch pocht mein Herz und tut mir weh."

„Du freilich", rief jener mit Lachen, „du armer Schelm, kannst nichts dagegen tun. Aber gib mir das kaum pochende Ding, und du wirst sehen, wie gut du es dann hast."

„Euch, mein Herz?", schrie Peter mit Entsetzen. „Da müßte ich ja sterben auf der Stelle! Nimmermehr!"

„Ja, wenn dir einer eurer Herrn Chirurgen das Herz aus dem Leib operieren wollte, da müßtest du wohl sterben. Bei mir ist dies ein anderes Ding. Doch komm herein und überzeuge dich selbst." Er stand bei diesen Worten auf, öffnete eine Kammertüre und führte Peter hinein. Sein Herz zog sich krampfhaft zusammen, als er über die Schwelle trat, aber er achtete es nicht, denn der Anblick, der sich ihm bot, war sonderbar und überraschend. Auf mehreren Gesimsen von Holz standen Gläser, mit durchsichtiger Flüssigkeit gefüllt. In jedem dieser Gläser lag ein Herz, auch waren an den Gläsern Zettel angeklebt und Namen darauf geschrieben, die Peter neugierig las. Da war das Herz des Amtmanns in F., das Herz des dicken Ezechiel, das Herz des Tanzbodenkönigs und das Herz des Oberförsters. Da waren sechs Herzen von Kornwucherern, acht von Werbeoffizieren, drei von Geldmäklern – kurz, es war eine Sammlung der angesehensten Herzen in der Umgegend von zwanzig Stunden.

„Schau!", sprach Holländer-Michel. „Diese alle haben des Lebens Ängste und Sorgen weggeworfen, keines dieser Herzen schlägt mehr ängstlich und besorgt, und ihre ehemaligen Besitzer befinden sich wohl dabei, dass sie den unruhigen Gast aus dem Hause haben."

„Aber was tragen sie denn jetzt dafür in der Brust?", fragte Peter, den dies alles, was er gesehen, beinahe schwindeln machte.

„Dies", antwortete jener und reichte ihm aus einem Schubfach ein steinernes Herz.

„So?", erwiderte er und konnte sich eines Schauers, der ihm über die Haut ging, nicht erwehren. „Ein Herz von Marmelstein? Aber, horch einmal, Herr Holländer-Michel, das muss doch gar kalt sein in der Brust."

„Freilich, ganz angenehm kühl. Warum soll denn ein Herz warm sein? Im Winter nützt dir die Wärme nichts. Da hilft ein guter Kirschgeist mehr als ein warmes Herz. Und im Sommer, wenn alles schwül und heiß ist – du glaubst nicht, wie dann solch ein Herz abkühlt. Wie gesagt, weder Angst noch Schrecken, weder törichtes Mitleid noch anderer Jammer pocht an solch ein Herz."

„Und das ist alles, was Ihr mir geben könnt", fragte Peter unmutig. „Ich hoff' auf Geld, und Ihr wollt mir einen Stein geben!"

„Nun, ich denke, an hunderttausend Gulden hättest du fürs Erste genug. Wenn du es geschickt treibst, kannst du bald ein Millionär werden."

„Hunderttausend?", rief der arme Köhler freudig. „Nun, so poche doch nicht so ungestüm in meiner Brust, wir werden bald fertig sein miteinander. Gut, Michel. Gebt mir den Stein und das Geld, und die Unruh könnt Ihr aus dem Gehäuse nehmen."

„Ich dachte doch, dass du ein vernünftiger Bursche seist", antwortete der Holländer, freundlich lächelnd. „Komm, laß uns noch eins trinken, und dann will ich das Geld auszahlen."

So setzten sie sich wieder in die Stube zum Wein, tranken und tranken wieder, bis Peter in einen tiefen Schlaf verfiel.

○ ○ ○

Kohlenmunk-Peter erwachte beim fröhlichen Schmettern eines Posthorns. Und siehe da, er saß in einem schönen Wagen und fuhr auf einer breiten Straße dahin. Als er sich aus dem Wagen bog, sah er in blauer Ferne hinter sich den Schwarzwald liegen. Anfänglich wollte er gar nicht glauben, dass er es selbst sei, der in diesem Wagen sitze, denn auch seine Kleider waren gar nicht mehr dieselben, die er gestern getragen. Aber er erinnerte sich doch an alles so deutlich, dass er endlich sein Nachsinnen aufgab und rief: „Der Kohlenmunk-Peter bin ich, das ist ausgemacht, und kein anderer." Er wunderte sich über sich selbst, dass er gar nicht wehmütig werden konnte, als er jetzt zum erstenmal aus der stillen Heimat, aus den Wäldern, wo er so lange gelebt, auszog. Es dauerte ihn selbst dann nicht, als er an seine Mutter dachte, die jetzt wohl hilflos und im Elend saß. Er konnte keine Träne aus dem Auge pressen oder auch nur seufzen, denn es war ihm alles so gleichgültig.

„Ach freilich", sagte er da. „Tränen und Seufzer, Heimweh und Wehmut kommen ja aus dem Herzen, und dank dem Holländer-Michel ist das meine kalt und von Stein." Er legte seine Hand auf die Brust, und es war ganz ruhig dort und rührte sich nicht. „Wenn er mit den Hunderttausenden so gut Wort hält wie mit dem Herz, so soll es mich freuen", sprach er und fing an, seinen Wagen zu untersuchen. Er fand Kleidungsstücke aller Art, wie er sie nur wünschen konnte, aber kein Geld. Endlich stieß er auf eine Tasche und fand viele Tausend Taler in Gold und Scheine auf Handlungshäuser in allen großen Städten.

„Jetzt hab' ich's, wie ich's wollte', dachte er, setzte sich bequem in die Ecke des Wagens und fuhr in die weite Welt.

Er fuhr zwei Jahre in der Welt umher und schaute aus seinem Wagen links und rechts an den Häusern hinauf, schaute, wenn er anhielt, nichts als das Schild seines Wirtshauses an, lief dann in der Stadt umher und ließ sich die schönsten Merkwürdigkeiten zeigen. Aber es freute ihn nichts, kein Bild, kein Haus, keine Musik, kein Tanz. Sein Herz von Stein nahm an nichts Anteil und seine Augen und Ohren waren abgestumpft für alles Schöne. Nichts war ihm mehr geblieben als die Freude an Essen und Trinken und der Schlaf. Und so lebte er, indem er ohne Zweck durch die Welt reiste, zu seiner Unterhaltung speiste und aus Langeweile schlief. Hie und da erinnerte er sich zwar, dass er fröhlicher, glücklicher gewesen sei, als er noch arm war und arbeiten mußte, um sein Leben zu fristen. Damals hatte ihn jede schöne Aussicht ins Tal erfreut, Musik und Gesang hatten ihn ergötzt. Da hatte er sich stundenlang auf die einfache Kost gefreut, die ihm die Mutter zu dem Meiler brachte. Wenn er so über die Vergangenheit nachdachte, so kam es ihm ganz sonderbar vor, dass er jetzt nicht einmal lachen konnte. Sonst hatte er über den kleinsten Scherz gelacht. Jetzt verzog er nur aus Höflichkeit den Mund, wenn andere lachten, aber sein Herz lächelte nicht mit. Er fühlte dann, dass er zwar überaus ruhig sei, aber zufrieden fühlte er sich doch nicht. Es war nicht Heimweh oder Wehmut, sondern Öde, Überdruß, freudenloses Leben, das ihn endlich wieder zur Heimat trieb.

Als er von Straßburg herüberfuhr und den dunklen Wald seiner Heimat erblickte, als er zum erstenmal wieder jene kräftigen Gestalten, jene freundlichen, treuen Gesichter der Schwarzwälder sah, als sein Ohr die heimatlichen Klänge, stark, tief, aber wohltönend, vernahm, da fühlte er schnell an sein Herz, denn sein Blut wallte stärker. Er glaubte, er müsse sich freuen und müsse weinen zugleich, aber wie konnte er nur so töricht sein. Er hatte ja ein Herz aus Stein, und Steine sind tot und lächeln und weinen nicht.

Sein erster Gang war zum Holländer-Michel, der ihn mit alter Freundlichkeit aufnahm.

„Michel", sagte er zu ihm, „gereist bin ich nun und habe alles gesehen. Ist aber alles dummes Zeug, und ich hatte nur Langeweile. Überhaupt, Euer steinernes Ding, das ich in der Brust trage, schützt mich zwar vor manchem. Ich erzürne mich nie, bin nie traurig, aber ich freue mich auch nie. Es ist mir, als wenn ich nur halb lebe. Könnet Ihr das Steinherz nicht ein wenig beweglicher machen, oder gebt mir lieber mein altes Herz. Ich hatte mich in fünfundzwanzig Jahren daran gewöhnt, und wenn es zuweilen auch einen dummen Streich machte, so war es doch munter und ein fröhliches Herz."

Der Waldgeist lachte grimmig und bitter.

„Wenn du einmal tot bist, Peter Munk", antwortete er, „dann soll es dir nicht fehlen, dann sollst du dein weiches, rührbares Herz wieder haben. Dann kannst du fühlen, was kommt, Freud' oder Leid. Aber hier oben kann es nicht mehr dein werden! Doch Peter, gereist bist du wohl, aber, so wie du lebtest, konnte es dir nichts nützen. Werde jetzt hier irgendwo im Wald seßhaft, bau' ein Haus, heirate, treibe dein Vermögen um. Es hat dir nur an Arbeit gefehlt. Weil du müßig warst, hattest du Langeweile und schiebst jetzt alles auf dieses unschuldige Herz."

Peter sah ein, dass Michel recht habe, was den Müßiggang beträfe, und nahm sich vor, reich und immer reicher zu werden. Michel schenkte ihm noch einmal hunderttausend Gulden und entließ ihn als seinen guten Freund.

Bald vernahm man im Schwarzwald die Mär, der Kohlenmunk-Peter oder Spiel-Peter sei wieder da und noch viel reicher als zuvor. Es ging auch jetzt wie immer. Als er am Bettelstab war, wurde er in der „Sonne" zur Türe hinausgeworfen. Doch als er jetzt an einem Sonntag Nachmittag seinen ersten Einzug dort hielt, schüttelten sie ihm die Hand, lobten sein Pferd und fragten nach seiner Reise. Als er wieder mit dem dicken Ezechiel um harte Taler spielte, stand er in der Achtung so hoch wie je.

Er trieb jetzt aber nicht mehr das Glashandwerk, sondern den Holzhandel, aber nur zum Schein. Sein Hauptgeschäft war, mit Korn und Geld zu handeln. Der halbe Schwarzwald wurde ihm nach und nach schuldig, aber er lieh Geld nur auf zehn Prozent aus oder verkaufte Korn an die Armen, die nicht gleich zahlen konnten, um den dreifachen Wert. Mit dem Amtmann stand er jetzt in enger Freundschaft, und wenn einer Herrn Peter Munk nicht auf den Tag bezahlte, so ritt der Amtmann mit seinen Schergen heraus, schätzte Haus und Hof, verkaufte es flugs und trieb Vater, Mutter und Kind in den Wald.

Anfangs machte dies dem reichen Peter einige Unlust, denn die armen Ausgepfändeten belagerten dann haufenweise seine Türe, die Männer flehten um Nachsicht, die Weiber suchten das steinerne Herz zu erweichen, und die Kinder winselten um ein Stücklein Brot. Aber als er sich ein paar tüchtige Fleischerhunde angeschafft hatte, hörte diese Katzenmusik, wie er es nannte, bald auf. Er pfiff und hetzte, und die Bettelleute flogen schreiend auseinander. Am meisten Beschwerde machte ihm das ‚alte Weib'.

Das war aber niemand anders als die Frau Munkin, Peters Mutter. Sie war in Not und Elend geraten, als man ihr Haus und Hof verkauft hatte. Ihr Sohn, als er reich zurückgekehrt war, hatte sich nicht mehr nach ihr umgesehen. Da kam sie nun zuweilen, alt, schwach und gebrechlich, an einem Stock vor das Haus. Hinein wagte sie sich nimmer, denn er hatte sie einmal weggejagt. Aber es tat ihr wehe, von den Guttaten anderer Menschen leben zu müssen, da der eigene Sohn ihr ein sorgenloses Alter hätte bereiten können. Aber das kalte Herz wurde nimmer gerührt von dem Anblicke der bleichen, wohlbekannten Züge, von den bittenden Blicken, von der welken, ausgestreckten Hand, von der hinfälligen Gestalt.

Mürrisch zog er, wenn sie Sonnabends an die Türe pochte, einen Sechsbätzner heraus, schlug ihn in ein Papier und ließ ihn hinausreichen durch einen Knecht. Er vernahm ihre zitternde Stimme, wenn sie dankte und wünschte, es möge ihm wohlgehen auf Erden. Er hörte sie hüstelnd von der Türe schleichen, aber er dachte weiter nicht mehr daran, als dass er wieder sechs Batzen umsonst ausgegeben hätte.

Endlich kam Peter auch auf den Gedanken, zu heiraten. Er wußte, dass im ganzen Schwarzwald jeder Vater ihm gerne seine Tochter geben werde, aber ihm fiel die Wahl schwer, denn er wollte, dass man auch hierin sein Glück und seinen Verstand preisen sollte. Daher ritt er umher im ganzen Wald, schaute hier, schaute dort, und keine der schönen Schwarzwälderinnen deuchte ihm schön genug. Endlich, nachdem er auf allen Tanzböden umsonst nach der Schönsten ausgeschaut hatte, hörte er eines Tages, die Schönste und Tugendsamste im ganzen Wald sei eines armen Holzhauers Tochter. Sie lebe still und für sich, besorge geschickt und emsig ihres Vaters Haus und lasse sich nie auf dem Tanzboden sehen, nicht einmal zu Pfingsten oder Kirmes. Als Peter von diesem Wunder des Schwarzwalds hörte, beschloß er, um sie zu werben, und ritt nach der Hütte, die man ihm bezeichnet hatte.

Der Vater der schönen Lisbeth empfing den vornehmen Herrn mit Staunen, und er staunte noch mehr, als er hörte, es sei dies der reiche Herr Peter, und er wolle sein Schwiegersohn werden. Er besann sich auch nicht lange, denn er meinte, all' seine Sorge und Armut werde nun ein Ende haben, und sagte zu, ohne die schöne Lisbeth zu fragen. Das gute Kind war so folgsam, dass sie ohne Widerrede Frau Peter Munkin wurde.

Aber es wurde der Armen nicht so gut, wie sie sich geträumt hatte. Sie glaubte ihr Hauswesen wohl zu verstehen, aber sie konnte Herrn Peter nichts recht machen. Sie hatte Mitleid mit armen Leuten, und da ihr Eheherr reich war, dachte sie, es sei

118

keine Sünde, einem alten Bettelweib einen Pfennig oder einem alten Mann einen Schnaps zu reichen.

Aber als Herr Peter dies eines Tages merkte, sprach er mit zürnenden Blicken und rauher Stimme: „Warum verschleuderst du mein Vermögen an Lumpen und Straßenläufer? Hast du was mitgebracht ins Haus, das du wegschenken könntest? Mit deines Vaters Bettelstab kann man keine Suppe wärmen, und du wirfst das Geld zum Fenster hinaus wie eine Fürstin? Noch einmal laß dich erwischen, so sollst du meine Hand fühlen!"

Die schöne Lisbeth weinte in ihrer Kammer über den harten Sinn ihres Mannes, und sie wünschte oft, lieber daheim zu sein in ihres Vaters ärmlicher Hütte, als bei dem reichen, aber geizigen, hartherzigen Peter zu hausen. Ach, hätte sie gewußt, dass er ein Herz von Marmor habe und weder sie noch irgend einen Menschen lieben könnte, so hätte sie sich wohl nicht gewundert. So oft sie aber jetzt unter der Türe saß, und es ging ein Bettelmann vorüber und zog den Hut und hub an seinen Spruch, so drückte sie die Augen zu, um das Elend nicht sehen zu müssen. Sie ballte die Hand fester, damit sie nicht unwillkürlich in die Tasche fahre, ein Kreuzerlein herauszulangen.

So kam es, dass die schöne Lisbeth im ganzen Wald verschrien wurde, und es hieß, sie sei noch geiziger als Peter Munk. Aber eines Tages saß Frau Lisbeth wieder vor dem Haus und spann und murmelte ein Liedchen dazu, denn sie war munter, weil es schön Wetter und Herr Peter ausgeritten war über Feld. Da kam ein altes Männlein des Weges daher, das trug einen großen, schweren Sack. Sie hörte ihn schon von weitem keuchen. Teilnehmend sah ihm Frau Lisbeth zu und dachte, ,einem so alten, kleinen Mann sollte man nicht mehr so schwer aufladen.'

Indes keuchte und wankte das Männlein heran, und als es gegenüber von Frau Lisbeth war, brach es unter dem Sack beinahe zusammen.

„Ach, habt die Barmherzigkeit, Frau, und reicht mir nur einen Trunk Wasser", sprach das Männlein. „Ich kann nicht weiter, muss elend verschmachten."

„Ihr solltet in Eurem Alter nicht mehr so schwer tragen", sagte Frau Lisbeth.

„Ja, wenn ich nicht Boten gehen müßte, der Armut halber und um mein Leben zu fristen", antwortete er. „Ach, so eine reiche Frau wie Ihr weiß nicht, wie wehe Armut tut, und wie wohl ein frischer Trunk bei solcher Hitze."

Als sie dies hörte, eilte sie ins Haus, nahm einen Krug vom Gesims und füllte ihn mit Wasser. Doch als sie zurückkehrte und nur noch wenige Schritte von ihm war und das Männlein sah, wie es so elend und verkümmert auf dem Sack saß, da fühlte sie inniges Mitleid, bedachte, dass ihr Mann ja nicht zu Hause sei. So stellte sie den Wasserkrug beiseite, nahm einen Becher und füllte ihn mit Wein, legte ein gutes Roggenbrot darauf und brachte es dem Alten.

„So, und ein Schluck Wein mag Euch besser frommen als Wasser, da Ihr schon so gar alt seid", sprach sie. „Aber trinket nicht so hastig und esset auch Brot dazu."

Das Männlein sah sie staunend an, bis große Tränen in seinen alten Augen standen. Er trank und sprach dann: „Ich bin alt geworden, aber ich hab' wenige Menschen gesehen, die so mitleidig wären und ihre Gaben so schön und herzig zu spenden wüßten wie Ihr, Frau Lisbeth. Aber es wird Euch dafür auch recht wohlgehen auf Erden. Solch ein Herz bleibt nicht unbelohnt."

„Nein, und den Lohn soll sie zur Stelle haben", schrie eine schreckliche Stimme, und als sie sich umsahen, war es Herr Peter mit blutrotem Gesicht.

„Und sogar meinen Ehrenwein gießt du aus an Bettelleute, und meinen Mundbecher gibst du an die Lippen der Straßenläufer? Da, nimm deinen Lohn!" Frau Lisbeth stürzte zu seinen Füßen und bat um Verzeihung, aber das steinerne Herz kannte kein

Mitleid. Er drehte die Peitsche um, die er in der Hand hielt, und schlug sie mit dem Handgriff von Ebenholz so heftig vor die schöne Stirne, dass sie leblos dem alten Mann in die Arme sank. Als er dies sah, war es doch, als reue ihn die Tat auf der Stelle. Er bückte sich herab, zu schauen, ob noch Leben in ihr sei.

Aber das Männlein sprach mit wohlbekannter Stimme: „Gib dir keine Mühe, Kohlen-Peter. Es war die schönste und lieblichste Blume im Schwarzwald, aber du hast sie zertreten, und nie mehr wird sie wieder blühen."

Da wich alles Blut aus Peters Wangen, und er sprach: „Also seid Ihr es, Herr Schatzhauser? Nun, was geschehen ist, ist geschehen, und es hat wohl so kommen müssen. Ich hoffe aber, Ihr werdet mich nicht bei dem Gericht anzeigen als Mörder."

„Elender!", erwiderte das Glasmännlein. „Was würde es mir frommen, wenn ich deine sterbliche Hülle an den Galgen brächte? Nicht irdische Gerichte sind es, die du zu fürchten hast, sondern andere und strengere. Denn du hast deine Seele an den Bösen verkauft."

„Und hab' ich mein Herz verkauft", schrie Peter, „so ist niemand daran Schuld als du und deine betrügerische Schätze. Du tückischer Geist hast mich ins Verderben geführt, mich getrieben, dass ich bei einem andern Hilfe suchte, und auf dir liegt die ganze Verantwortung."

Aber kaum hatte er dies gesagt, so wuchs und schwoll das Glasmännlein und wurde hoch und breit, und seine Augen sollen so groß gewesen sein wie Suppenteller, und sein Mund war wie ein geheizter Backofen, und Flammen blitzten daraus hervor.

Peter warf sich auf die Knie, und sein steinernes Herz schützte ihn nicht, dass nicht seine Glieder zitterten wie eine Espe. Mit Geierskrallen packte ihn der Waldgeist im Nacken, drehte ihn um, wie ein Wirbelwind dürres Laub, und warf ihn dann zu Boden, dass ihm alle Rippen knackten.

„Erdenwurm!", rief er mit einer Stimme, die wie der Donner rollte. „Ich könnte dich zerschmettern, wenn ich wollte, denn du hast gegen den Herrn des Waldes gefrevelt. Aber um dieses toten Weibes willen, die mich gespeist und getränkt hat, gebe ich dir acht Tage Frist. Bekehrst du dich nicht zum Guten, so komme ich und zermalme dein Gebein, und du fahrst hin in deinen Sünden."

ᦚ ᦚ ᦚ

Es war schon Abend, als einige Männer, die vorbeigingen, den reichen Peter Munk an der Erde liegen sahen. Sie wendeten ihn hin und her und suchten, ob noch Atem in ihm sei, aber lange war ihr Suchen vergebens. Endlich ging einer in das Haus und brachte Wasser herbei und besprengte ihn.

Da holte Peter tief Atem, stöhnte und schlug die Augen auf, schaute lange um sich her und fragte dann nach Frau Lisbeth. Aber keiner hatte sie gesehen. Er dankte den Männern für ihre Hilfe, schlich in sein Haus und schaute sich um, aber Frau Lisbeth war weder im Keller noch auf dem Boden, und das, was er für einen schrecklichen Traum gehalten, war bittere Wahrheit. Wie er nun so ganz allein war, da kamen ihm sonderbare Gedanken. Er fürchtete sich vor nichts, denn sein Herz war ja kalt. Aber wenn er an den Tod seiner Frau dachte, kam ihm sein eigenes Hinscheiden in den Sinn, und wie belastet er dahinfahren werde, schwer belastet mit Tränen der Armen, mit tausend ihrer Flüche, die sein Herz nicht erweichen konnten, mit dem Jammer der Elenden, auf die er seinen Hund gehetzt, belastet mit der stillen Verzweiflung seiner Mutter, mit dem Blut der schönen, guten Lisbeth. Er konnte er doch nicht einmal dem alten Mann, ihrem Vater, Rechenschaft geben, wenn er käme und fragte: „Wo ist meine Tochter, dein Weib?" Wie wollte er da dem einen Frage und Antwort stehen, dem alle Wälder, alle Seen, alle Berge gehören und die Leben der Menschen?

Es quälte ihn auch nachts im Traume, und alle Augenblicke wachte er auf wegen einer süßen Stimme, die ihm zurief: „Peter, schaff dir ein wärmeres Herz an!" Wenn er erwacht war, schloß er doch schnell wieder die Augen, denn der Stimme nach musste es Frau Lisbeth sein, die ihm diese Warnung zurief.

Den anderen Tag ging er ins Wirtshaus, um seine Gedanken zu zerstreuen, und dort traf er den dicken Ezechiel. Er setzte sich zu ihm, und sie sprachen dies und jenes, vom schönen Wetter, vom Krieg, von den Steuern und endlich auch vom Tod, und wie da und dort einer so schnell gestorben sei. Da fragte Peter den Dicken, was er denn vom Tod halte und wie es nachher sein werde. Ezechiel antwortete ihm, dass man den Leib begrabe, die Seele aber fahre entweder auf zum Himmel oder hinab in die Hölle.

„Also begrabt man das Herz auch?", fragte der Peter gespannt.

„Ei freilich, das wird auch begraben."

„Wenn aber einer sein Herz nicht mehr hat?", fuhr Peter fort.

Ezechiel sah ihn bei diesen Worten schrecklich an. „Was willst du damit sagen? Willst du mich foppen? Meinst du, ich habe kein Herz?"

„Oh, Herz genug, so fest wie Stein", erwiderte Peter.

Ezechiel sah ihn verwundert an, schaute sich um, ob es niemand gehört habe, und sprach dann: „Woher weißt du das? Oder pocht vielleicht das deinige auch nicht mehr?"

„Pocht nicht mehr, wenigstens nicht hier in meiner Brust", antwortete Peter Munk. „Aber sag mir, da du jetzt weißt, was ich meine, wie wird es gehen mit unseren Herzen?"

„Was kümmert dich dies, Gesell?", fragte Ezechiel lachend. „Hast ja auf Erden vollauf zu leben, und damit genug. Das ist ja gerade das Bequeme an unsern kalten Herzen, dass uns keine Furcht befällt vor solchen Gedanken."

„Wohl wahr. Aber man denkt doch daran, und wenn ich auch jetzt keine Furcht mehr kenne, so weiß ich doch wohl noch, wie sehr ich mich vor der Hölle gefürchtet, als ich noch ein kleiner unschuldiger Knabe war."

„Nun, gut wird es uns gerade nicht gehen", sagte Ezechiel. „Hab' mal einen Schulmeister darüber befragt, der sagte mir, dass nach dem Tod die Herzen gewogen werden, um zu sehen, wie schwer sie sich versündiget hätten. Die leichten stiegen auf, die schweren sänken hinab. Ich denke, unsere Steine werden ein gutes Gewicht haben."

„Ach freilich", erwiderte Peter, „und es ist mir oft selbst unbequem, dass mein Herz so teilnahmlos und ganz gleichgültig ist, wenn ich an solche Dinge denke."

So sprachen sie. Aber in der nächsten Nacht hörte er fünf- oder sechsmal die bekannte Stimme in sein Ohr lispeln: „Peter, schaff dir ein wärmeres Herz an!" Er empfand keine Reue, dass er sie getötet, aber wenn er dem Gesinde sagte, seine Frau sei verreist, so dachte er immer dabei: „Wohin mag sie wohl gereist sein?"

Sechs Tage hatte er es so getrieben, und immer hörte er nachts diese Stimme, und immer dachte er an den Waldgeist und seine schreckliche Drohung. Aber am siebenten Morgen sprang er auf von seinem Lager und rief: „Nun ja, will sehen, ob ich mir ein wärmeres schaffen kann. Denn der gleichgültige Stein in meiner Brust macht mir das Leben nur langweilig und öde." Er zog schnell seinen Sonntagsstaat an, setzte sich auf sein Pferd und ritt dem Tannenbühl zu.

Im Tannenbühl, wo die Bäume dichter standen, saß er ab, band sein Pferd an und ging schnellen Schrittes dem Gipfel des Hügels zu. Als er vor der dicken Tanne stand, hub er seinen Spruch an:

„Schatzhauser im grünen Tannenwald,

Bist viele hundert Jahre alt,

Dein ist all' Land, wo Tannen stehen,

Läßt dich nur Sonntagskindern sehen."

Da kam das Glasmännlein hervor, aber nicht freundlich und traulich wie sonst, sondern düster und traurig. Es hatte ein Röcklein an von schwarzem Glas, und ein langer Trauerflor flatterte herab vom Hut. Peter wußte wohl, um wen es trauere.

„Was willst du von mir, Peter Munk?", fragte es mit dumpfer Stimme.

„Ich hab' noch einen Wunsch, Herr Schatzhauser", antwortete Peter mit niedergeschlagenen Augen.

„Können Steinherzen noch wünschen?", sagte jener. „Du hast alles, was du für deinen schlechten Sinn bedarfst, und ich werde schwerlich deinen Wunsch erfüllen."

„Aber Ihr habt mir doch drei Wünsche zugesagt. Einen hab' ich immer noch übrig."

„Doch kann ich ihn versagen, wenn er töricht ist", fuhr der Waldgeist fort. „Aber wohlan, ich will hören, was du willst?"

„So nehmt mir den toten Stein heraus und gebet mir mein lebendiges Herz", sprach Peter.

„Hab' ich den Handel mit dir gemacht?", fragte das Glasmännlein. „Bin ich der Holländer-Michel, der Reichtum und kalte Herzen schenkt? Dort, bei ihm mußt du dein Herz suchen."

„Ach, er gibt es mir nimmer zurück", antwortete Peter.

„Du dauerst mich, so schlecht du auch bist", sprach das Männlein nach einigem Nachdenken. „Aber weil dein Wunsch nicht töricht ist, so kann ich dir wenigstens meine Hilfe nicht abschlagen. So höre. Dein Herz kannst du mit keiner Gewalt mehr bekommen, wohl aber mit List. Es wird vielleicht nicht schwer halten, denn Michel bleibt doch nur der dumme Michel, obgleich er sich ungemein klug dünkt. So gehe denn geraden Weges zu ihm hin und tue, wie ich dir heiße." Und nun unterrichtete er ihn in allem und gab ihm ein Kreuzlein aus reinem Glas. „Am Leben kann er dir nicht schaden, und er wird dich freilassen, wenn du ihm dies vorhältst und dazu betest. Und hast du dann, was du verlangt hast, erhalten, so komm wieder zu mir an diesen Ort."

Peter Munk nahm das Kreuzlein, prägte sich alle Worte ein und ging weiter nach des Holländer-Michels Behausung. Er rief dreimal seinen Namen, und alsobald stand der Riese vor ihm.

„Du hast dein Weib erschlagen?", fragte er mit schrecklichem Lachen. „Hätt' es auch so gemacht. Sie hat dein Vermögen an das Bettelvolk gebracht. Aber du wirst auf einige Zeit außer Landes gehen müssen, denn es wird Lärm machen, wenn man sie nicht findet; und du brauchst wohl Geld und kommst, um es zu holen?"

„Du hast's erraten", erwiderte Peter. „Und nur recht viel diesmal, denn nach Amerika ist's weit."

Michel ging voran und brachte ihn in seine Hütte. Dort schloß er eine Truhe auf, worin viel Geld lag, und langte ganze Rollen Gold heraus. Während er es so auf den Tisch hinzählte, sprach Peter: „Du bist ein loser Vogel, Michel, dass du mich belogen hast, ich hätte einen Stein in der Brust, und du habest mein Herz!"

„Und ist es denn nicht so?", fragte Michel staunend. „Fühlst du denn dein Herz? Ist es nicht kalt wie Eis? Hast du Furcht oder Gram, kann dich etwas reuen?"

„Du hast mein Herz nur stillstehen lassen, aber ich hab' es noch wie sonst in meiner Brust und Ezechiel auch, der hat es mir gesagt, dass du uns angelogen hast. Du bist nicht der Mann dazu, der einem das Herz so unbemerkt und ohne Gefahr aus der Brust reißen könnte! Da müßtest du zaubern können."

„Aber ich versichere es dir", rief Michel unmutig. „Du und Ezechiel und alle reichen Leute, die es mit mir gehalten, haben solche kalte Herzen wie du. Ihre rechten Herzen habe ich hier in meiner Kammer."

„Ei, wie dir das Lügen von der Zunge geht!", lachte Peter. „Das mach' du einem andern weis! Meinst du, ich hab' auf meinen Reisen nicht solche Kunststücke zu Dutzenden gesehen? Aus Wachs nachgeahmt sind deine Herzen hier in der Kammer. Du bist ein reicher Kerl, das geb' ich zu, aber zaubern kannst du nicht."

Das ergrimmte den Riesen, und er riß die Kammertüre auf. „Komm herein und lies die Zettel alle. Jenes dort, schau, das ist Peter Munks Herz. Siehst du, wie es zuckt? Kann man das auch aus Wachs machen?"

„Und doch ist es aus Wachs", antwortete Peter. „So schlägt ein rechtes Herz nicht. Ich habe das meine noch in der Brust. Nein, zaubern kannst du nicht!"

„Aber ich will es dir beweisen!", rief jener ärgerlich. „Du sollst es selbst fühlen, dass dies dein Herz ist." Er nahm es, riß Peters Wams auf, nahm einen Stein aus seiner Brust und zeigte ihn vor. Dann nahm er das Herz, hauchte es an und setzte es behutsam an seine Stelle.

Alsobald fühlte Peter, wie es pochte, und er konnte sich wieder darüber freuen.

„Wie ist es dir jetzt?", fragte Michel lächelnd.

„Wahrhaftig, du hast doch recht gehabt", antwortete Peter, indem er behutsam sein Kreuzlein aus der Tasche zog. „Hätt' ich doch nicht geglaubt, dass man dergleichen tun könne!"

„Nicht wahr? Und zaubern kann ich, das siehst du. Aber komm, jetzt will ich dir den Stein wieder hineinsetzen."

„Gemach, Herr Michel!", rief Peter, trat einen Schritt zurück und hielt ihm das Kreuzlein entgegen. „Mit Speck fängt man Mäuse, und diesmal bist du der Betrogene." Und zugleich fing er an zu beten, was ihm nur einfiel.

Da wurde Michel kleiner und immer kleiner, fiel nieder und wand sich hin und her wie ein Wurm. Er ächzte und stöhnte, und alle Herzen umher fingen an zu zucken und zu pochen, dass es tönte wie in der Werkstatt eines Uhrenmachers.

Peter aber fürchtete sich, es wurde ihm ganz unheimlich zu Mute. Er rannte zur Kammer und zum Haus hinaus und klimmte, von Angst getrieben, die Felsenwand hinan, denn er hörte, dass Michel sich aufraffte, stampfte und tobte und ihm schreckliche Flüche nachschickte. Als er oben war, lief er dem Tannenbühl zu. Ein schreckliches Wetter zog auf. Blitze fuhren links und rechts neben ihm hernieder und zerschmetterten die Bäume, aber er kam wohlbehalten in dem Revier des Glasmännleins an.

Sein Herz pochte freudig, und nur darum, weil es pochte. Dann aber sah er mit Entsetzen auf sein Leben zurück wie auf das Gewitter, das hinter ihm rechts und links den schönen Wald zersplitterte. Er dachte an Frau Lisbeth, sein schönes, gutes Weib, das er aus Geiz gemordet. Er kam sich selbst wie der Auswurf der Menschen vor, und weinte heftig, als er an des Glasmännleins Hügel kam.

Schatzhauser saß schon unter dem Tannenbaum und rauchte aus seiner kleinen Pfeife. Doch sah er munterer aus als zuvor.

„Warum weinst du, Kohlen-Peter?", fragte er. „Hast du dein Herz nicht erhalten? Liegt noch das kalte in deiner Brust?"

„Ach, Herr!", seufzte Peter. „Als ich noch das kalte Steinherz trug, da weinte ich nie, meine Augen waren so trocken wie das Land im Juli. Jetzt aber will es mir beinahe das alte Herz zerbrechen. Was habe ich getan! Meine Schuldner habe ich ins Elend gejagt, auf Arme und Kranke die Hunde gehetzt, und Ihr wißt ja selbst wie meine Peitsche auf ihre schöne Stirne fiel!"

„Peter! du warst ein großer Sünder!", sprach das Männlein. „Das Geld und der Müßiggang haben dich verderbt, bis dein Herz zu Stein wurde und nicht Freud', nicht Leid, keine Reue, kein Mitleid mehr kannte. Aber Reue versöhnt, und wenn ich nur wüßte, dass dir dein Leben recht leid tut, so könnte ich schon noch was für dich tun."

„Ich will nichts mehr", antwortete Peter und ließ traurig sein Haupt sinken. „Mit mir ist es aus. Ich kann mich mein Lebtag nicht mehr freuen. Was soll ich so allein auf der Welt tun? Meine Mutter verzeiht mir nimmer, was ich ihr getan, und vielleicht hab' ich sie unter den Boden gebracht, ich Ungeheuer! Und Lisbeth, meine Frau! Schlagt mich lieber auch tot, Herr Schatzhauser, dann hat mein elend Leben mit einmal ein Ende."

„Gut", erwiderte das Männlein. „Wenn du nicht anders willst, so kannst du es haben. Meine Axt habe ich bei der Hand." Er nahm ganz ruhig sein Pfeiflein aus dem Mund, klopfte es aus und steckte es ein. Dann stand er langsam auf und ging hinter die Tannen. Peter aber setzte sich weinend ins Gras, sein Leben war ihm nichts mehr wert. Er erwartete geduldig den Todesstreich. Nach einiger Zeit hörte er leise Tritte hinter sich und dachte: „Jetzt wird er kommen."

„Schau dich noch einmal um, Peter Munk!", rief das Männlein. Er wischte sich die Tränen aus den Augen und schaute sich um und sah seine Mutter und Lisbeth, seine Frau, die ihn freundlich anblickten. Da sprang er freudig auf: „So bist du nicht tot, Lisbeth; und auch Ihr seid da, Mutter, und habt mir vergeben?"

„Sie wollen dir verzeihen", sprach das Glasmännlein, „weil du wahre Reue fühlst, und alles soll vergessen sein. Zieh jetzt heim in deines Vaters Hütte und sei ein Köhler wie zuvor. Bist du brav und bieder, so wirst du dein Handwerk ehren, und deine Nachbarn werden dich mehr lieben und achten, als wenn du zehn Tonnen Gold hättest." So sprach das Glasmännlein und nahm Abschied von ihnen.

Die drei lobten und segneten ihn und gingen heim.

Das prachtvolle Haus des reichen Peters stand nicht mehr. Der Blitz hatte es angezündet und mit all seinen Schätzen niedergebrannt, aber nach der väterlichen Hütte war es nicht weit. Dorthin ging jetzt ihr Weg, und der große Verlust bekümmerte sie nicht.

Aber wie staunten sie, als sie an die Hütte kamen! Sie war zu einem schönen Bauernhaus geworden, und alles darin war einfach, aber gut und reinlich.

„Das hat das gute Glasmännlein getan!", rief Peter.

„Wie schön!", sagte Frau Lisbeth. „Und hier ist mir viel heimischer als in dem großen Haus mit dem vielen Gesinde."

Von jetzt an wurde Peter Munk ein fleißiger und wackerer Mann. Er war zufrieden mit dem, was er hatte und trieb sein Handwerk unverdrossen. So kam es, dass er durch eigene Kraft wohlhabend wurde und angesehen und beliebt im ganzen Wald. Er zankte nie mehr mit Frau Lisbeth, ehrte seine Mutter und gab den Armen, die an seine Türe pochten. Als nach Jahr und Tag Frau Lisbeth von einem schönen Knaben genas, ging Peter nach dem Tannenbühl und sagte sein Sprüchlein. Aber das Glasmännlein zeigte sich nicht.

„Herr Schatzhauser", rief er laut, „hört mich doch; ich will ja nichts anderes, als Euch zu Gevatter bitten bei meinem Söhnlein!"

Aber der gab keine Antwort. Nur ein kurzer Windstoß sauste durch die Tannen und warf einige Tannenzapfen herab ins Gras. „So will ich dies zum Andenken mitnehmen, weil Ihr Euch doch nicht sehen lassen wollt", rief Peter, steckte die Zapfen in die Tasche und ging nach Hause. Aber als er zu Hause das Sonntagswams auszog und seine Mutter die Taschen umwandte und das Wams in den Kasten legen wollte, da fielen vier stattliche Geldrollen heraus. Als man sie öffnete, waren es lauter gute, neue badische Taler, und kein einziger falscher darunter. Und das war das Patengeschenk des Männleins im Tannenwald für den kleinen Peter.

So lebten sie still und unverdrossen fort, und noch oft nachher, als Peter Munk schon graue Haare hatte, sagte er: „Es ist doch besser, zufrieden zu sein mit wenigem, als Gold und Güter zu haben und ein kaltes Herz."

Der Zwerg und die Zwillinge

Schneeweisschen und Rosenrot
Schätze Neu Erzählt 1

Es war einmal in einer Welt, in der Magie und Technik mit unerwarteten Konsequenzen aufeinander treffen …

Als Martin einer schwangeren Frau hilft, vor den Häschern des Königs zu fliehen, ahnt er nicht, dass die Zwillinge, die sie in sich trägt, sein einsames Leben für immer verändern werden.

Was wäre, wenn wenn die Brüder Grimm den Zwerg in „Schneeweißchen und Rosenrot" missverstanden hätten?

Das Buch enthält das Original und eine Bonusgeschichte.

ISBN 978-3-95681-028-2
auch als eBook erhältlich

Lass dich über Neuerscheinungen informieren und hole dir den ersten Band als kostenloses eBook:

http://de.katharinagerlach.com/leserinnen